黑白

倪 匡 經 典 散 文

精 選 集 4

新版序

一以貫之

出版社要為四本舊作散文出新版，照例要寫新序。自從寫作配額告罄以來，一聽到要寫什麼，立刻頭如斗大，苦惱不已，避之唯恐不及。但自己作品，說明一下，推無可推，只好硬上。

其實也真沒什麼好說的，都是陳年舊作，自己連再看一遍都不想，可說的好處是，文中所表達的觀點、立場、愛憎、喜怨，都一以貫之，無絲毫變更，讀友喜的仍會喜，不喜的當然依然不喜。這一點絕對可以保證，開卷前請留意，勿在事後埋怨。

是為序。

八六匕翁　蛟川倪匡　20210522　香港

自報名頭囉裏囉嗦一大串，大有金庸筆下「太岳四俠」之風，堪發一噱。

序

檻內檻外都是情

倪匡

若干年之前，人屆中年，忽然開始撰寫了一批抒情文字，很怪。因為寫這類文字，大多數是青年，甚或是少年人的作為。中年，是人生的另一層次，沒有了青年那種噴發的激情，就算未曾看透世情，也應該已經進入了世情之內，不再在世情之外了。

或許，正由於如此，才和激情有差別，從另一層次來體會——層次無所謂高下，只是不同，從不同的層次，可以體會到不同的感情，這個層次的感情，直接而實在，風花雪月，都不同，但又都同是情。

現在，重看，當然人生又已進入了另一個境界：什麼都不必說了——默然無言，不也是情嗎？

〇六十二〇七 香港

檻內檻外都是情

若干年之前，人屆中年，忽然間寫了一批抒情文字，很控制，因為寫這類文字，大多數是青年，甚或是少年人的作為。中年，是人生的另一層次，沒有了青年期那種噴發的激情，就算未曾看透世情，也至少已經進入了世情之內，不再在世情之外了。

或許，正由於如此，才知激情有無別，從另一層次去體會——層次並沒有高下，只是不同，從不同的層次，可以體會到不同的感情，每個層次的感情，真擁有實在，風花雪月，都不同，但又都同是情。

現在，重看，甚慨然人生又已進入了另一個境界，什麼都不必說了——默然無言，不也是情嗎？

倪匡

一六十二〇四

序

為《倪匡說三道四》作序

蔡瀾

倪匡兄由三藩市回來了，掀起一陣倪匡熱潮，各大出版社紛紛重印他的舊作，《衛斯理××》賣個滿堂紅，當然又對他的散文打主意了。

我一向喜歡他老兄的散文多於小說，倪匡兄老早已踏入不必虛偽的境界，句句真言，看得非常過癮。

但散文集已成絕版，我在寫他的事蹟想找來做參考，亦難覓。向他老人家要，回答說沒有什麼好存的，連他也沒有，最後好在出現了一個有心人贈書，才能重讀。各位想看，也不必傷腦筋了。「明窗出版社」重新印製，編成系列，要我在新版上作序。出版《老友寫老友》時，倪匡兄自告奮勇為我寫序，現在輪到我了，互不相欠。

寫些什麼呢？只知他在科幻小說中甚少談及男女私情，這些遺漏都在散文中填補，但不易看出，唯在細讀，才感受其浪漫，這絕非年輕愛情小說作家書中所能描述。

散文中也充滿了人生哲學，像倪匡兄說到心痛，說那不是真痛，不去想，就不會痛了。真正的痛，是人家拿刀子在你身上捅了一下，才會痛。這種痛，把「必理痛」或「散利痛」藥丸當花生吃，即能醫好。除了哲理，還很幽默，讓人看了笑破肚皮。

書中其他妙語甚多，年輕人想出書賣錢，但說找不到題材寫，又寫不出，對這些人，我有個提議：不會寫就別寫了，乾脆花時間和功夫去記錄倪匡兄的言論，當成《倪匡金句》，出版商聽了一定大感興趣。

別人認為怪論，我聽了覺得一點也不怪。但衛道者絕不認同，說他是大作家，怎麼教壞孩子？這才是笑話，要是一兩篇散文有那麼大的影響，每天七八小時的教育制度，就徹底地失敗了。

「書只分兩種：好看的，和不好看的。」倪匡兄說。一點也不錯，他的散文真好看，我擔保。

目錄

第一輯 逼娼為良

第二輯 妓女

第三輯　笨事

第四輯　娛樂

第五輯　我是我

第六輯　黑白

第七輯　行事

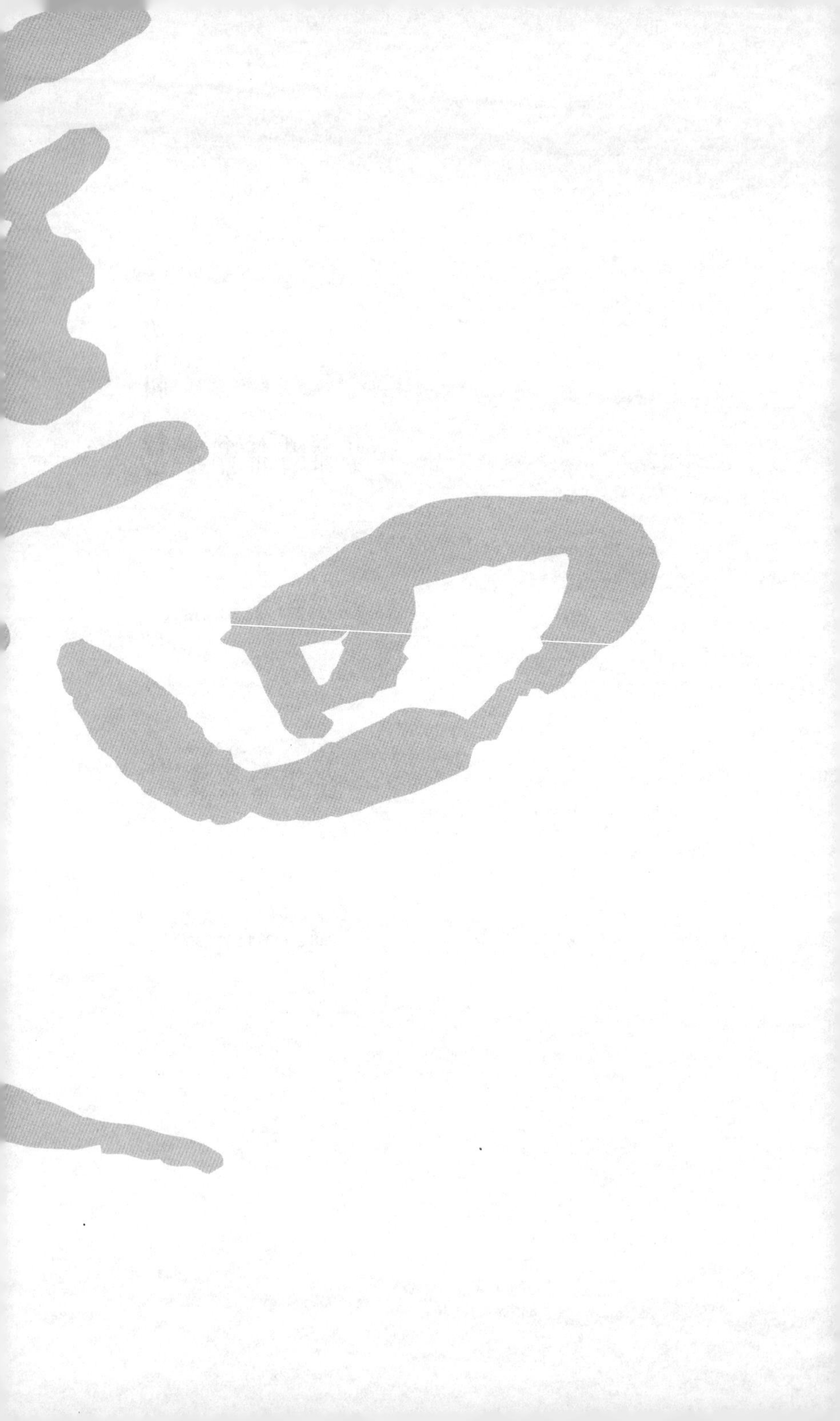

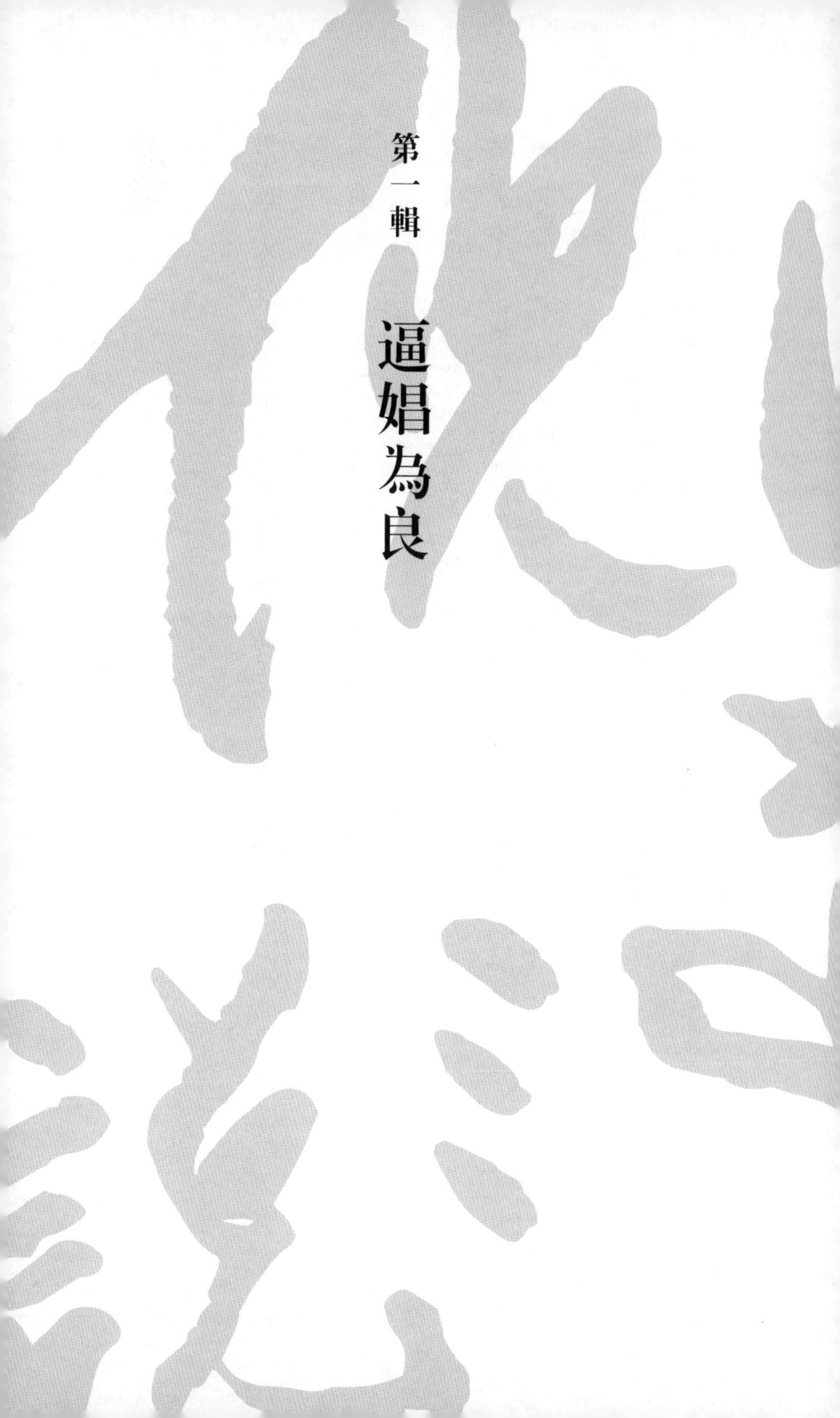

第一輯

逼娼為良

虛榮

男人罵女人貪慕虛榮，唯一的原因是由於他滿足不了女人的虛榮。

常見有些男人，「正氣」衝天，「道貌」岸然罵女人：你貪慕虛榮！

看了這個場面——不論是在小說裏、在電影中，或是在現實生活中，都會哈哈大笑，對這種男人，有無限的鄙視。這種男人在罵女人貪慕虛榮之餘，還狠狠加上一句：你自甘下流。

男人會罵女人貪慕虛榮的唯一理由，戳穿了，十分滑稽，相當可笑，可算殘酷，也稱無聊。唯一的原因是：這個男人沒有能力滿足女人的虛榮心。若是有能力，由得女人去貪慕虛榮好了，反正他有能力，自然也就不會講這種可笑的話。

提供女人虛榮、奢侈的生活，應該是男人的目標，沒有這種能力，時也命也，也無可非議，但是沒有能力，還要責備女人貪慕虛榮，這是男人若干下流行徑中的一種，極其不堪。

男人切記這一點，不可隨便責罵女人，先看看自己是什麼東西！

有權

女人有權要求愛人滿足自己的虛榮心

人都貪慕虛榮——豐盛的物質生活，一個男人若是愛一個女人，必然會盡自己的能力，去滿足女人的物質生活的要求。

「盡自己的能力」這一點十分重要，豐盛的物質生活沒有止境，男人肯盡力，就是最好的行為，不肯盡力，有所保留，覺得不必對女人太好……都是男性的卑劣行為，或者說，那是男人並不愛這個女人的行為，女性要十分明確地認識到這一點。

所以，如果男女之間是相愛的關係，女人有權要求愛人滿足自己的虛榮心，男人做不到，就必須坦白向女人承認自己的低能或無能，絕不能倒轉頭來，責備女人貪慕虛榮，這是女人應有的權利，許多年來，被許多無能或低能的男人以種種不成理由的理由所否定了，現在，必須予以重新確立。

一個男人若是愛一個女人，必定拚盡全力，使女人生活得更好，所以，要求所愛的女人生活辛勞的男人，都要承認自己的不是——女性很感性，一定會原諒，而且更愛這個男人！

酸的

人都貪慕虛榮，不能獨責女人。

一般來說，男人責女人貪慕虛榮的多——小男人在一籌莫展之際，又想佔有女人，就創造出這種下流的責備來。

於是，在印象之中，似乎只有女人才貪慕虛榮。其實絕不，人都貪慕虛榮，那是人性之一，各種各樣的「道德教育」，與這種天性對抗了幾千年，一點也不成功，還在浴血苦戰，想戰勝人性，看來十分慘烈，也十分可笑。

所謂「虛榮」，其實並不虛，一般指豐富的物質生活而言，實在得很，一顆鑽石給女性帶來的愉快程度，決非極力向女性灌輸「正確思想」的男人所能了解。

男人也一樣追求豐富的物質生活，男人和女人都是人，人都追求豐富的物質生活，有了豐富的物質生活之後，精神苦悶和寂寞，都是生活上的一種點綴——沒有了它們，未免太寂寞，物質生活匱乏，精神生活再充實，只怕也是在自欺欺人，因為那是根本沒能得到豐富的物質生活之故。兩千多年前的一個奴隸伊索，早已寫下了他著名的寓言，吃不到的葡萄是酸的！

逼娼為良

問題在於那個「逼」字

在長篇電視劇中，聽到了一句精彩絕倫的對白：「你想逼娼為良啊！」

本來，只有「逼良為娼」，那是令人髮指的行為。

如今，竟有「逼娼為良」，也不是值得歌頌的行為。

問題，自然是在於那個「逼」字。

自願當娼妓的女人，如果硬要她脫離娼妓生涯，她會十分痛苦。不論傳統的觀念多麼輕視娼妓，也不管在想像之中，娼妓生涯應該十分屈辱，十分痛苦。可是自願當娼妓的女性，自有她們自己一套的觀點，她們覺得，當娼妓一點也不算什麼。像那個電視劇中說了這句對白的那女郎，是「夜總會小姐」，香港從事這一行業的女性，數以萬計，只怕百分之九十九點九，出自自願，而且，十分享受她們如今的生涯。雖然人人都明知那是娼妓生涯，她們自己也心裏明白，可是真要逼她們不再當娼妓，即使能在金錢上滿足她們，也沒有用，她們覺得每晚陪不同的男人吃喝玩樂，比只守着一個男人有趣不知多少。

這是觀點問題，沒有什麼對或錯之分，大批女性喜歡當娼妓，何必去逼娼為良？人人有權自己處理自己的生命！

風塵

一進風塵，再難擺脫。

若干時日之前，曾寫了許多分析妓女心態的文字，最一針見血的一句是：一朝做了妓女，不管以後如何，妓女心態再也不會消失。

意猶未盡，所以再作補充。女性做了妓女，一次也好，一萬次也好，心理上的影響都是一樣，風塵是一個深不可測的深坑，一跌進去，絕沒法浮出來——真要是能浮出來的，那也和普通人修成正果，白日飛升，成仙成佛差不多，不但難之又難，而且少之又少。

中國社會再開放，女性對性行為總多少有點保守。雖然說社會上早已笑貧不笑娼，但是女人在第一次知道自己必須依靠原始本錢去取得利益，當一個完全沒有認識過程的男人可以在她的身上作出任何行動都是這個男人所應得的時候，總多少有點羞恥和被侮辱的心情，有的，在開始的時候，甚至還會難過得流淚。

可是一次之後，整個心態就會改變，就會覺得沒有什麼，就會覺得未曾開始之前，想想便害怕，一旦發生了，也不過如此。

於是，永遠沉下去，再也浮不起來了。

一次，就再難擺脫。

好看難看

不被女人說難看的女人，好看程度有限。

常聽得幾個女人在一起，談及另一個女人的容貌，批評之多，可以列入紀錄大全，結論是一致公認：難看死了！

起初沒經驗，以為這個被批評的女人一定其醜無比、如無鹽、如嫫母、如夜叉、如鬼怪，晚上若是見到，會三魂出竅，七魄飛揚的了。誰知大謬不然，見到了被批評者，赫然是美人一名。

這種情形，發生的次數多了，才明白了一個道理：女人的美貌程度，和說她難看的女人多少，成正比例。即，說她難看的女人愈多，這女人就愈好看，若是沒有什麼女人說難看的女人，縱使不難看，也必然平庸。

這和「不招人妒是庸才」是同樣的道理，沒有女人肯認自己不好看，女人對自己的容貌，不但最沒有自知之明，而且也沒有知人之明，女人看女人好看與否的標準，和男人完全不同，最令女人憎恨不已，咬碎銀牙的是，女人的好看與否，男人自己心中有數，不會受女人意見的左右。

或許，是女人的好看，根本是為男人而設的。

奇怪

女人沒有不奇怪的

黃霑在電台說林燕妮，開宗明義第一句話是：林燕妮真是一個奇怪的女人。林燕妮是美女，他不說；林燕妮是才女，他也不說；林燕妮是一個事業成功的女人，他更不說。他只說林燕妮奇怪，實在很對。這句話，放諸四海而皆準，因為：女人沒有不奇怪的！

女人奇怪，不但奇怪，而且奇怪之至。各種各樣不同的女人有各種各樣不同的奇怪，千變萬化，令男人眼花撩亂，頭昏腦脹，痛哭流涕，捶胸頓足，到頭來，仍然一點無法了解，女人何以會那麼奇怪。

女人奇怪，怪在對事情的了解方法、處理方式、對感情的產生與消失、在感情上追求的目的等等等等，都和男人不同。

在男人來看，女人和理性兩字，絕扯不上關係，女人不喜歡聽真話，喜歡聽假話，再荒唐的假話，她們都聽得進去，而且深信不疑。女人做人，像是在做夢——知識程度愈高，做夢的程度愈深。

女人……

女人真是奇怪。

女人

好女人不一定可愛

在一次聚談中，有人問甲：你愛什麼樣的女人？甲想了一想，答：我愛好女人。

當時，我表示不同意，說：好女人未必可愛。好女人只是好，而好的標準和愛的標準不同，兩者之間，很難加上等號。

甲怒，問：那麼你的回答是什麼？

答了，所有人都笑，因為答了等於沒有答，可是想深一層，答案卻也只有這一個。

回答的是：「愛可愛的女人。」

那是一定的，若不可愛，怎麼會愛她？若愛她了，她必定可愛。至於她是好是壞，是美是醜，是香是臭，那都是枝節，不是根本。

至於，什麼樣的女人（或者男人）才是可愛的？那便沒有答案，麻油拌韭菜，各人心裏愛，你的寶貝，可能是他的毒藥，哪有定準的？

此所以世間雖然人只有男女兩種，但是其間的組合離分，卻千奇百怪，如恆河沙數。

化妝

十分主張女性化妝

地球上的女性，什麼時候開始懂得化妝，只怕已不可考了，若是說，自從猿人開始進化變成人後，女人就懂得使用化妝品，也不會有人反對——有一種化妝品，就是一種赭紅色的泥土，賣得還相當貴。

到了今天，各種各樣的化妝品名目之多，看得人眼花撩亂，心驚肉跳，奇怪的是，平日再笨的女人，對於複雜至極，用了什麼再用什麼然後又用什麼的化妝程序，都會知得一清二楚，再也不會差錯。

有人認為，天生麗質，不需依靠化妝品，這種說法，只對極少數真正麗質天生的美女有效——極少這樣的美女，而就算有，這樣的美女，也是化妝打扮了，比不化妝打扮好看。所以，普通婦女對化妝品那麼熱愛，不會無緣無故，事實是，化妝打扮，確然能使女性看起來美麗得多，一個很平凡的女性，化妝得宜，可以變得艷光四射，令人目為之眩，神為之奪。

十分主張女性要化妝，理由十分簡單，因為女性經過化妝之後，會變美麗。

有一說：化妝虛偽，真面目見人才是真。那真不知事理，真面目醜樣，自己看不見，別人看了就討厭，這種真，寧取偽。

頭髮

美人剃光了頭仍是美

忽然想起了頭髮，還要發而為文，是由於突然想起了儀容專家教導女性說：「如果你只有能力弄好看你的頭髮或改進衣着，兩者只能選擇其一時，忠告是：弄好看你的頭髮。」

儀容專家的話是不是有道理，身為男性，實在很難下判斷，因為覺得美人蓬首，一定比醜女梳最新髮型好看，主要關鍵是美與不美，而不在髮型為何，美人兒，即使剃光了頭也該是美的。

可是儀容專家的話，女性顯然奉為準則，所以，不論年齡容貌，女性對自己頭髮之注意，促進社會繁榮之極，培植了一支就業大軍——各種髮型師。洗頭仔有多少？全是靠了女性對頭髮的重視才能生存的，更有一批女性幾乎日日都要和髮型屋打交道。每月消費之高，超過一個普通工人的月入！

女性那麼重視頭髮，自然是一種求美的心態所促使。可是在男性看來，女性的頭髮，只要乾淨就可以了，乾淨的頭髮，有一股清香。要使頭髮乾淨，十分容易，自己動手，十分鐘就可達到目的。

男人的看法，和女人的看法，當然不同。

此所以，男女有別。

女人心

金錢不容易買到女人的心

以前，說過許多金錢萬能的語錄，若是常看這欄的，當有點印象。忽然又說了這樣的一句，是不是有矛盾呢？

一點也不。

常說的是金錢萬能，只要不太深入追究，金錢既可以令美女百依百順，千般溫柔，萬般貼服，也就等於是買到了女人的心，等於是買到了愛情。

可是，如果要進一步去深深地挖掘真相的話，金錢也就未必一定能買到女人的心——必須說明的是，女人的心究竟怎樣，其實絕不重要，只有喜歡自尋煩惱的人才會去追究，而追究的結果必然是自尋煩惱。

每一個人心中怎麼想，他人絕無法知道。尤其是——女人的心中究竟怎麼想，別人更加無法知道，俗語有云，「女人心，海底針。」再多錢，要你運用金錢在大西洋底撈這一枚針來，自然也做不到。

所以，並不是金錢不萬能，而是女人的心太不可測，連創造女人的上帝也測不到——夏娃到底偷吃了禁果。

欺騙

女人若以為騙了男人三次之後，男人還會相信她，那一定是個笨女人。

在某些女人的心目中，尤其是聰明女人——真正的聰明，不是自以為聰明，男人很笨，很容易騙，甚至會編上一些「不能出街」的謊話去騙男人，或許，一次、兩次，甚至三次，會被她得手，把男人騙信了。

不論騙了男人多少次，這一類女人絕不肯停止欺騙行為，於是，必然不可避免的結果是，欺騙行為被揭穿——欺騙行為所要遮瞞的事實，絕大多數，十分醜惡，所以一旦被揭穿，總不免有多少風波，風波不論如何平復，騙人的女人，若是以為被騙的男人自此以後，還會相信她，這女人就不再聰明，而十分笨。

被騙的男人可能還需要她，甚至可能還愛她，就是不可能再相信她。有誰被騙了三次，還會再相信欺騙者呢？除非這個人是白癡，而白癡是根本不必欺騙的。

當騙人的時候，總可以得到點什麼，那麼，被揭穿之後，也必然失去些什麼。

失去的！就是別人的信任。

身體

當女人口說愛甲，而把身體給乙時，甲應該知道是怎麼一回事。

可是在她和甲說「我愛你」的同時，卻把身體給了乙。甲便應該知道是怎麼一回事，和應該知道怎麼做，唯一的正確行動，自然是絕不相信這女人所說的「我愛你」是真的，然後，再決定和這個女人是立刻一刀兩斷還是繼續鬼混下去——男女之間，沒有愛情而在一起，自然只好稱之為鬼混了。

那種情形，通常不很容易發生，在歡場中比較多，歡場女性以欺騙男人為職業，男人也明白這一點，正常的男女關係中這種情形很少見，而想在歡場中找尋愛情的男人，是自找麻煩，與人無尤。

一個女人會用這種方式對付男人甲，當然她絕不會對男人甲有什麼愛意，她或者有千百個理由說明為什麼會把身體給男人乙，男人甲都絕不能相信，相信了，就會繼續被騙下去。

男人有時不笨，對笨男人來說，背熟這語錄，十分有用，可能終身受用不盡。

記得了！

喝酒（一）

囉唆男人喝酒的女人，十分令男人心煩。

席間，常見這樣的場面：男人正在逸興遄飛，大碗喝酒，大塊吃肉，而男人身邊的女人，開始是皺眉頭，繼而開始用語言干涉，再下來，甚至會動手，把男人手中的酒杯搶過來。其時，女性就算原來是一個美女，在已有幾分醉意的男性的眼中看出來，也會變得不再那麼可愛了！

喝酒這種行為，人類不知是何時開始的，已不可考，但可以肯定的是，一定由來已久，久到了無法考據的地步。這種行為，有好處還是有壞處，也一直在爭議之中，沒有定論，但可以肯定的是，好者自好，不好者自然可以滴酒不沾，更可以肯定的是，最煞風景的事，莫過於正喝得有趣時，忽然身邊有異性的囉唆——奇怪的是，男人很少囉唆另一個男人喝酒的。

囉唆若只是言語，已然乏味之至，如果竟然是行動，那簡直是醜惡。

女性干涉男性喝酒，有一個振振有辭的理由：醉了，誰照顧你？

可以不照顧醉了的男人讓他倒在街邊好了。但，不能囉唆男人喝酒！

喝酒（二）

和男人一起豪飲的女人，更令男人心煩。

上篇，說到男人喝酒正喝得痛快時，女人來囉唆阻止，十分令男人心煩。另一種恰好相反的情形是，和男人一起豪飲的女人，在到了一定時候，更令男人心煩。

開始的時候，若是女性而又喝酒極度豪爽者，肯定令人刮目相看，這教人大生好感。但如果豪飲的女性，不知自己的酒量，不旋踵已經大有醉態，在那種情形之下，除非是別有用心，不然，男人都會皺眉、心煩，不再歡迎她繼續喝下去。

然而，到了這時候，情況已不能控制了，傷心事會一件件一樁樁湧上心頭——活了那麼多年，誰沒有幾百幾千件傷心事呢？於是，結果是醉了。

女人醉了之後，情形比男人醉了可怕得多。男人醉了，可以由得他醉臥街頭，不加理會，孽由自作，誰也不能怪誰。可是女人醉了，就不能這樣對付，因為女人之醉，男人多少有點責任在——遇見豪飲的女性，男性有不趁此灌多她一兩杯的嗎？

所以，必須善後——善後的結果，可大可小，可以判生死，決命運，可怕之至！

男人心態（一）

沒有不想的

中國大陸的小說家，有許多好作品，其中，有些對性的描寫，也頗大膽傳神。日昨看徐海濱作，《寫給男人看的故事》（刊於《人民文學》一九八八年第四期），就有寫男人心理的兩段，十分生動，值得引用。

小說寫一個杭州姑娘，到廣州做妓女，專接港客（這一行，在廣州，據說十分蓬勃），男友找她回來之後的情形是：「……一剎那間想到她不知和多少男人上過牀，胃裏就一陣一陣噁心。」「我抱住她吻了又吻，當欲望像大汽球一樣升騰起來的時候，一想到在我之前有那麼多男人從她身上跨過，汽球就猛然爆裂，麻木的碎片就飛墜四散。」

男的一想到女的曾經是妓女，性慾立時煙消雲散，小說寫得很傳神，那女孩子後來，又回去當妓女，很合乎「一日為妓，終生難逃」的規律，男人這種心理，也充分顯示了「性是兩耳之間的事，不是兩腿之間的事」的道理。

有一種說法是：男人在那種時候，去想女人以前的性生活，那是自尋煩惱——若能不想，自然最好，但是能做到「不想」的男人，萬中無一，除非他不知，萬一他知道了只怕沒有不想的。

一想，自然「汽球就猛然爆裂」了。

男人心態（二）

處女的誘惑

也是《寫給男人看的故事》，這篇小說中，又寫了另一種男人對女人的心態，十分之值得探討。小說中，一個曾經被強姦的女人，後來，結婚了，向丈夫坦白了往事，有一次回家，看到丈夫和一個年輕女人在牀上。

捉姦在牀，是姦情戲的重點，那做丈夫的行為，卻尤為石破天驚。「……丈夫，邊找袴帶邊粗聲粗氣辯解：好漢不怕黑搶，明人不吃暗虧，我不嘗一次處女的滋味，死了也冤……」

這等情景，生動得醜陋之至，可是也實實在在道出了男人的心態。處女對男人來說，有着無比的誘惑力，這種觀念不知是什麼時候開始形成的——母系社會時，必然沒有這種觀念。

男人都希望自己是女人的第一個男人，也希望從今以後，自己一直留在這個女人的心中；他可以不要這個女人，甚至根本上不再記得了，但仍然要這個女人把他記作是唯一的心上人。

這是一種很醜惡的心態，但不幸得很，男人，都有。誰要是說自己沒有，請小聲點講，同時，問問自己，心裏真的怎麼想。

男人心態（三）

永遠不會熄滅的妒火

當一個男人對女人的行為，沒有妒意的時候，也就等於這個男人對這個女人，再無愛意。兩者之間的等號，像二加二等於四一樣，永遠是這個答案。

男人心態之中，有強烈的獨佔性，自己的女人，絕不能有另外的男人，有了，就是男女關係變化之始，而不論如何解決，心中的妒火，只有愈來愈烈，永遠不會熄滅。

正因為男人對女人有這種獨佔的心態，所以，人類歷史上，早就有了「貞操帶」這東西，也就有了「太監」這種人。

這種獨佔心，通常，會像毒蛇一樣咬嚙男人的心，人類一直是這樣，不論是物質生活或是精神面貌，都一直在變更，男人的這種心態，卻一直維持不變，而且，也絕不會改變——連猴子都是那樣的，經過劇烈鬥爭所產生的猴子王，絕不會讓其他的雄猴和這群猴中的雌猴性交。

女性明白男人的這種心態，十分重要。如果一個女人真心愛一個男人，不論這個男人表面上裝得多麼大方，都不喜她對別的男人太親熱，因這大方是裝出來的，只要他是男人，沒有會高興的。

別玩火，更別玩男人的妒火！

無知

當男人自以為很了解一個女人時，他其實對她一無所知。

男女在一起久了，男人就會變得蠢，而最蠢的一點是，自以為對自己身邊的女人，已經很了解了，自以為已經對這個女人很熟悉了。而實際上，當男人這樣以為的時候，他對那個女人，在很多情形下，甚至一無所知，或所知極少。

男人自以為了解這個女人，以為這個女人很愛他，不會有背叛行為時，那是男人悲劇的開始——這是真正的悲劇，就算男人根本不信這女人，處處防範，也沒有用處，結果是一樣的。

於是，有人說，糊塗一點反而好；這不是好不好的問題，而是一種事實，必須指出：男人絕不可自以為了解女人，以為已把她看通看透了，所看到的，猶如浮在海面上的冰山一樣，至多是十分之一，還有十分之九，是藏在海水之中的。

根本不試圖去了解一個女人，這樣做，雖然困難，但總比努力去了解而沒有結果的好。

很多很多的事，很多很多的情形，都是不了解比了解的好。

好人

是好男人，不欺侮女人。

人只分男人、女人；好人，自然也包括了好男人或好女人。什麼是好男人呢？可以有很多很多的定義，但是千條百條，歸於一點，用最簡單的話來說，好男人，不欺侮女人。

一個男人，其他的行為再好，哪怕可以超凡入聖，為萬世楷模，但如果他欺侮女人，他就不是好男人，這是最主要的原則，放諸天下而皆準，不容作任何別的解釋，鐵一樣的定律，欺侮女人嗎？不是好男人！

是好女人，不會給男人欺侮！

雖說男女平等，但男人總比女人佔多少便宜，所以，女人欺侮男人的情形較少，男人欺侮女人的情形較多，好女人自然不會欺侮男人，但是那還不夠。好女人，不該、不會、不能給男人欺侮——方法極簡單，一是反抗，反抗不得，可以遠離，遠離欺侮女人的男人，這是好女人必需的條件。

如和壞男人在一起，本來是好女人也變得不好了。

第二輯

妓女

「妓女」的定義

為了得到什麼而與男人性交的，不論零售躉批，都是妓女。

接下來的許多篇，都會發表一下對妓女的觀感。像香港這樣的大城市，名義上妓女的存在是非法的，但實際上，妓女之多，數字講出來，會叫人臉紅耳赤。妓女有許多種，有的，殺了她，她也不肯承認自己是妓女，真的以為她高貴得很，所以，必須肯定：凡為了得到什麼——或直接的金錢，或某種地位，或其他目的，而與男人性交者，這個女人進行的就是出賣自己身體的賣淫行為，這個女人自然也就是妓女。

其間，零售躉批，情形都一樣。富豪用大批金錢包了美女，這美女自然是妓女，並沒有真正愛情而是為了豪門的物質享受，雖然婚姻一切合乎法律手續，本質上也還是賣淫行為，那女人也還是妓女。

妓女幹的既然是賣淫的行為，自然也沒有什麼高下之分，都是一樣的，只不過有的成功，有的不很成功，有的簡直失敗而已。成功或失敗，自然要看天賦的本領——包括身體的天賦和智力的天賦，和其餘任何行業一樣！

公平對待

不要輕視妓女

在替妓女下了定義之後，以為筆者一定十分輕視妓女了？其實情形相反，雖然說不上尊重，但是絕不輕視——不要輕視，不必輕視，不能輕視。

妓女從事賣淫的營生，各有各的原因，為來為去，自然是為了可以得到利益，若是已有了巨大利益的，雖說人性貪婪，但不會有什麼女人會去當妓女。所以，何必輕視她們？她們的身上，既然有那麼大的苦衷，輕視她們，就十分不公平。

不要同情妓女

不輕視妓女，也不必同情妓女，妓女從事賣淫勾當，不必同情，原因之一，同情了也沒有用。原因之二，妓女根本不要人同情，最「戇居」（愚笨）的人，是裝出一副救世主的姿態來，去同情妓女，而妓女則在心中冷笑——知道一個每次性交收五百元的妓女的收入是多少嗎？一下午六次，可以很容易算出來，要什麼樣的人才有資格去同情她？這還是十級妓女中的第六七八級！

勇氣

妓女都是勇者

這句話，簡直在歌頌妓女了，但卻是實情。前兩篇，忘了聲明一句，這裏提到的妓女，都是自願從事賣淫行業的——雖然為貧所逼，去做妓女，看來還是有點被逼的意味，但那不能算被逼，是有暴力強迫的成分在內的才算，這一種妓女，不在討論之列。

自願做妓女，尤其是在年齡上，肯定已過了無知階段的，在決定要從事賣淫，而且付諸實行時，所需要的勇氣之大，簡直無法想像——任何人，不論男女，都可以閉上眼睛想想，把一切細節問題都想想，就可以知道一個女人，要多大的勇氣，才能做妓女！

這種勇氣，只有她們自己才拿得出來，旁人無法想像，而一個妓女，若是有人關心她，愛惜她的，例如她的父母兄弟，她的愛人，一想起來，除了佩服她的勇氣之外，會不心如刀割嗎？

但是，自願當妓女的，就毅然地，如坊間所說的：拋個身子出來做了！

她們竟能忍受這樣的生活，這種勇氣，想起來就叫人寒心！

愛不得

如果有可能，千萬別愛上妓女！

有些男性愛上妓女的——一些傳奇小說很害人，什麼杜十娘、梁紅玉、花魁女之類的故事，很能激起男性浪漫的想像：自古俠女出風塵之類，害人匪淺，早年就曾把這番話，寫信勸誡過亡友古龍。

妓女愛不得，如果有可能，千萬不要愛妓女，愛了，痛苦多幸福少，對她再好，甚至好到所有人都認為那是奇談，不可能是現實，但是妓女不會覺得，說翻臉就翻臉，那是由於女人一做了妓女之後，就有妓女的心態：你愛她，她口中也說愛你，可是在心態上，她始終認為和她性交的，都是嫖客。妓女不會愛嫖客，嫖客若去愛妓女，那是自討苦吃，不能怪妓女不愛他，只能怪禍由自招。

所以，如果有可能，不要愛妓女。如果沒有可能，前生冤孽，今生一見，便如癡如醉，如癲如狂，不可一日沒有她，愛得又深又切，那真正沒有辦法了，也就只好準備忽然之間，要承受痛苦。痛定思痛之後，若能自此不再留戀，自然值得恭喜。

若仍然癡戀，那才是絕症，沒有力量可以打救，前三世都欠她的！

狠心

一個女人若是狠得下心做妓女，也就沒有什麼不能做的了！

坊間俗語，稱女性從事賣淫行為者，曰：「拋個身出來做」，傳神之極的是那個「拋」字。把自己的身子拋出來，同時不知拋棄了多少本來人人都與生俱來的東西，如自尊心，如羞恥心等等，全都拋棄了，而把自己拋出來的過程，後果又是早已知道了的，明知絕無任何僥倖，而仍舊毅然把自己拋出去，狠得下這份心對自己的女性，若是將這份決心，轉去做其他的事，成功的機會，自然也遠比別人為高。

而一個女性，若是對自己都那麼狠心，連自己的身子都可以拋出去，還有什麼不可拋的？也就沒有什麼是她不能做的了！

分析起來，十分可怕，是的，很普遍的社會現象，大家都見慣了，不去分析，不加注意，也就沒有什麼，稍為深入一下，就可以發現，有很多情形，內容之可怕，令人不寒而慄。

或曰：有為環境所逼者——很難想像，身都可以拋出，對抗更劣環境，應該可有別法。

妓女心態

就算只做一次，一生都擺脫不了妓女心態。

稍為深入一下，討論妓女行為、心態，很可以寫成洋洋灑灑的論文，而且，更找上百兒八十個「實例」，讓她們自己來現身說法，也不是難事，這裏一連六篇，自然只是淺探，而且，也不打算再「探」下去了，這是最後一篇，告一段落，再有所得，容後另議。

女性就算只賣淫一次，這一生也就擺脫不了妓女心態，或許，應該反過來說，正因為這個女性有妓女心態，所以才會有賣淫的行為發生，兩者孰是因，孰是果，很難分得清。

女性有妓女心態，十分可怕，有這種心態的女性，決計不能成為好的戀愛對象，因為不知在什麼時候，她會用妓女心態來對付男性，覺得自己只不過是在出賣。

這種心態，在小說中，在傳奇中，很有些霍然而癒的例子，古代，或許有，現代，可說沒有，不要上了傳奇故事的當，「自古俠女出風塵」——也是「自古」，不是「現今」。男性要是不明白這道理，百分之九十九，會吃點苦頭：苦頭大小，視乎男性的懂得這道理多少而定。

從良

要妓女從良，不能空口說白話。

相當精彩，多觀眾的電視劇中，有這樣的情節：男人知道自己的女朋友是舞女——現在的舞女，實際上就是妓女——之後，十分誠懇地勸：「不要做了！」

妓女不再做，有一個專門名詞，曰：「從良」。要妓女從良，可不能空口說白話，空口說，再誠懇，再個個字從肺腑中掏出來，都是廢話，都是空話。

要妓女不要再做了，得拿錢出來養她，拿不出錢來養她，或不捨得拿錢出來養她，或只拿很少的錢給她，都是空頭話。

像電視劇中的那個舞女，每個月的收入，均在兩萬港元以上——這是十分保守的估計，要她別做了，自然得使她們照每個月都有那麼多的收入，不是說說就可以使女方感動，忽然跳出污泥潭的。

說一句題外話，妓女的收入很高，開妓院者，收入自然還在妓女之上，這是一些無恥之徒開了妓院還恬不知恥，甚至沾沾自喜的緣故。

若看中了如電視劇中身分女郎的，可以把她買來，她們本來就是善價待沽的。

壞人

好人不會開妓院

如果簡單地，把人照武俠電影或連環漫畫的方式來分類，那就可以分成好人、壞人兩種。好人的定義是什麼？那就複雜得多，同樣，要給壞人下一個定義，也不是容易的事，但是有一些原則，倒是放諸四海而皆準，可以用來衡量人的好壞，錯不到哪裏去。例如：好人不會開妓院，也就是說，開妓院的，當然是壞人。

開妓院和當妓女不同，女性做妓女，必然有種種原因在，有不可告人者，有可以告人者，有聽了令人心酸落淚者，有聽了令人哈哈大笑者。但開妓院的目的，只有一個：賺錢。

賺錢，人人都想，賺錢的方法，也有千萬種，千不揀，萬不揀，揀了開妓院這一門，是說明一件事：這個人是壞人。

黃霑曾痛斥某類人「衣食足而不知榮辱」——這句黃語錄精彩絕倫，把某類人的嘴臉，赤裸裸地勾劃出來，醜惡無比。這類人，自己還不知羞恥，這也算是香港社會最寬容的奇景之一，社會稍嚴謹些，這種人，哪有臉見人。

愛滋

在愛滋病的陰影之下，仍嫖妓不輟者，視死如歸。

後天免疫力喪失病症——愛滋病，已證實可經由性交傳染，可以說是一種新的性病，潛伏期極長，有長達七年的記錄，或許更長，至今為止，是不治之症，無藥可醫。

可怕的是它的長潛伏期，政府有關部門的宣傳是：一次性交，等於和性伴侶過去七年的性伴侶有性的接觸，株連之廣，難以想像。

若是嫖妓，可以用數字來表示：一個妓女，每日算她接客一次，七年是兩千次接觸，這兩千人中，若有十分之一經常嫖妓，那就得再乘一百個兩千，然後再一直乘下去，那簡直是天文數字，以如今愛滋病毒的傳播情形來看，幾乎不能倖免！

天下有的是視死如歸者

以為愛滋病毒的傳播，就能制止淫業乎？不能，道理很簡單，因為天下有的是視死如歸的人，多到難以想像的地步！

風月

在風月場所，毋爭價論值。

這句話，大有文化，一個「毋」字，平時很少用得到，而且數句話，自朱珀盧先生治家格言中套出來，原句是：與肩挑小販，毋爭價論值。意思是，肩挑小販，賺幾個辛苦錢，就算自己買貴了一些，也就算了，何必斤斤計較？但香港的小販，收入甚好，所以有時，講講價錢，也並無不可。

但有一種場所，卻萬萬不能爭價論值，那就是在風月場所之中。

天下有很多難看之極的景象，其中之一，是在風月場所中，拿了帳單，逐項要求解釋，這個貴了，那個不應該開，不肯痛痛快快付帳，一句話，是嫌貴。這種人，實在是賤骨頭，風月場所必然是銷金窩，在那種地方，誰認得你是什麼人，只認得你口袋裏的鈔票。在那種地方，花的必然是冤枉錢——你認為冤枉，大可遠而逃之，認為冤枉得有趣，才去化銷，還有什麼可以逐項計算的，多了就多了，貴了就貴了！

每見這種人自以為省了一些錢，背後被痛罵，都覺得應有此報。

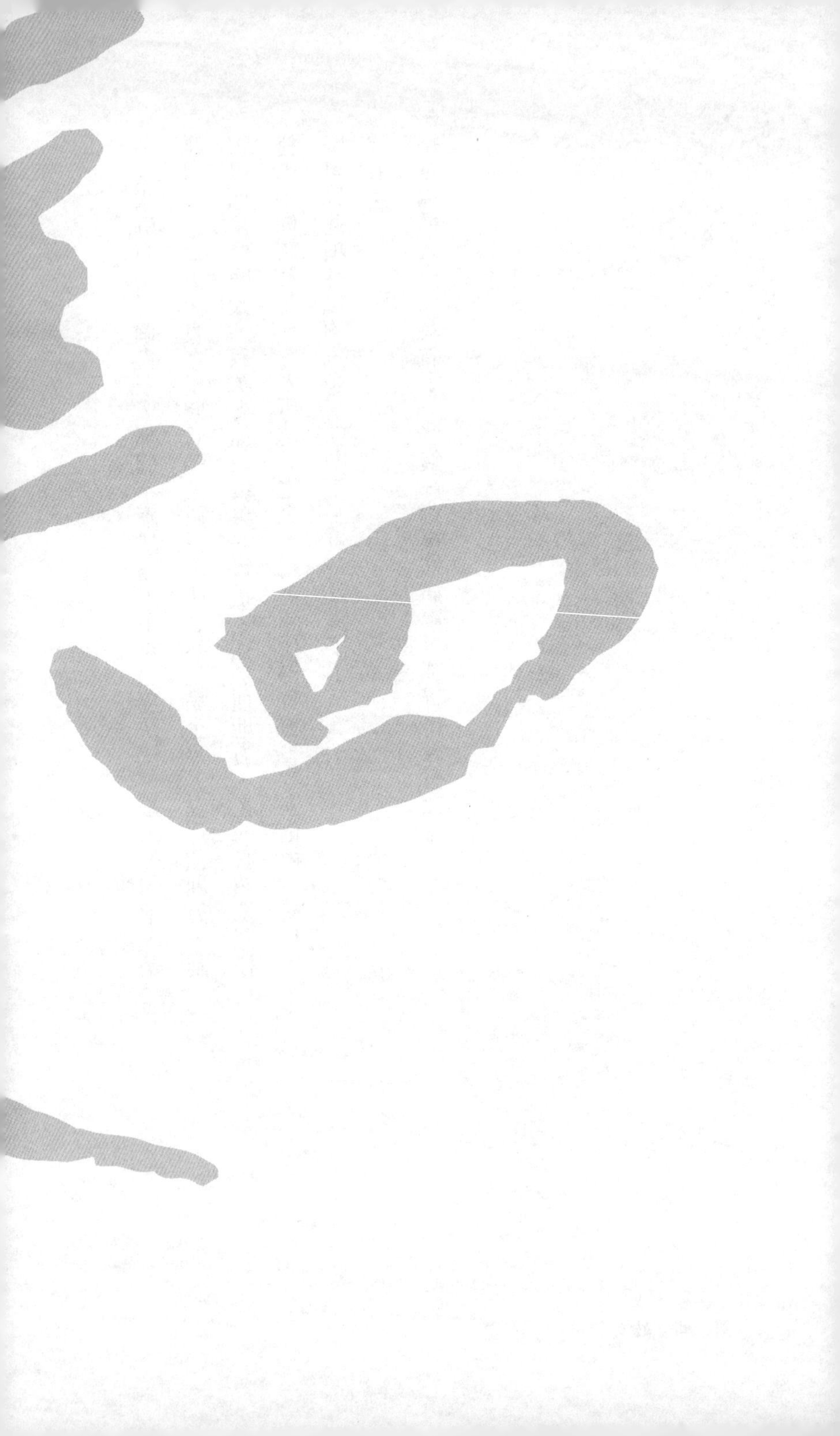

第三輯

筆事

鑰匙扣子

地球人的行為之中有偷盜，所以也連帶有了防止偷盜的一切。

寫了許多許多幻想小說，設想過很多情節、主題，也常被人問及：你自己最滿意的是哪一部，哪一點？

或許，該學黃霑的回答：最滿意的是下一部——表示自己的作品，永遠在進步之中。不過，卻另有回答，因為對於自己作品的某些構想，確然十分滿意：

外星人留下了一種裝置，可以通過一個小巧的物件，啟動這個裝置，和外星人通過立體投影見面，這個小巧的物件，只能使用一次。用過了之後，得到了那小巧物件的地球人，對外星人說：「這物件我留作紀念，可以作為鑰匙扣子上的一個裝飾品。」

外星人十分訝異：「鑰匙扣子是什麼東西？」

地球人答：「鑰匙扣子，是用來套鑰匙的。」

（試想想，誰身邊沒有這東西呢？）

外星人更奇：「鑰匙是什麼東西？」

地球人答：「鑰匙，是用來開鎖的工具。」

外星人更加不明白：「鎖是什麼東西？」

地球人嘆氣回答：「鎖，可以把一些東西保管起來，防止別人偷盜。」

外星人也歎了一口氣：「什麼叫作偷盜？」

外星人的行為之中，沒有偷盜，所以沒有鎖，沒有鑰匙，沒有鑰匙扣子，他當然不明白，因為他的行為之中，沒有偷盜。

地球人的行為之中有偷盜，所以也連帶有了防止偷盜的一切。防止偷盜的一切有用嗎？幾十年來，證明並沒有用，地球人的偷盜行為，層出不窮，屬於人性卑污的一面，很難消滅。

恐怖商場

商場上的情形，如果真的那麼恐怖，那麼從事商業行為的人，都應該是機械人。

那天見到梁鳳儀，對她說：「你的小說很好看，可是小說中寫的人際關係真可怕——真是那麼可怕，做人有什麼樂趣？」

梁鳳儀的回答是：「我寫的，還不及實際情形的十分之二！」

當時打了幾個冷顫，沒有再討論下去。

梁鳳儀的小說，都以商場作背景，寫商場上的鈎心鬥角，人為了爭奪利益，什麼樣的手段都可以使得出來。

由於本身三十多年來，和商場半分邊也沾不上，所以對這些行為，當然不能理解，只覺得實際情形，不應該如此可怕，因為香港商場上，精英極多，看來他們都工作愉快，生活舒適，不像是生活在這種恐怖之中，所以仍然懷疑那是小說家的藝術誇張。

而且，商人都聰明過人，至少應該知道天下利益，沒有歸於一人之理，有錢大家賺，雖然要爭，但是爭得頭崩額裂，血肉橫飛，當然也不值得。《聖經》上說：給你賺得了全世界，而失去了生命，你得到了什麼呢？

商場上的情形，如果真的是那麼可怖，那麼從事商業行為的人，都應該是機械人——而且是奸的機械人，不是忠的機械人。

做人做到了類似機械人的地步，不知還有沒有人生趣味可言，縱使家財億貫，也看不出有什麼好處來——別誤會，筆者十分推崇金錢萬能的好處，但原則是，金錢能使人快樂，若為了金錢，惹來痛苦，錢的作用變了，要來幹什麼？

天生沒有絲毫經商的本事，常埋怨發不了財，看來可能是幸事！哈哈！

趨炎附勢

趨炎附勢，人之常情。

曾聽一個記者說一段經歷，印象甚深。他說，曾去訪問過一個將軍，在將軍的辦公室中，坐了將近兩小時，卻根本無法與將軍進行談話，來訪者太多了，電話鈴聲不絕，來報告工作的、聽候指令的、送禮的，總之什麼樣的人都有。自然，當其時也，將軍權傾朝野，當時得令，記者無功而退。

一年之後，將軍突然失勢了，記者再去訪問他，在將軍的辦公室中，也停留了將近兩小時，無所不談，告辭之後才發現，不但兩小時之中沒有一個人來過，竟連電話也沒有一個！

於是，當然的感歎是「人情冷暖，趨炎附勢」，不勝欷歔之至。

趨炎附勢，一直被認為是一種卑下的行為，可是奇怪的是，除了少之又少的一些人，能真正清高，有風骨之外，絕大多數人，都是趨炎附勢的，那是人之常情，能夠真正超越的，少之又少，能夠在大部分的情形下，不趨炎附勢，已是鮮見。

那是一種大多數人的行為，似乎不必太非議。

而在所趨之炎，所附之勢中，也可以看出趨者赴者的志趣品格。奔走於屠夫之門的，自然人品低下。跟隨於富豪之後的，自然也表示出對金錢的欲望——那不是壞事，只是指出事實。

也有莫名其妙的，例如一批富豪，忽然謁見強權，那不知所為何來了，因為強權實在是無奈其人何的，只好百思不得其解了。若是自己忽然門前冷落車馬稀了，不必怪人，那是人的正常行為。

炫耀

人慣於炫耀自己沒有的東西

曾提及一個國際級的電影大亨戴塑膠跳字錶，這很正常，因為他不需要藉一隻手錶來炫耀他的身分——誰都知道他是誰，誰又知道戴了滿是鑽石的手錶的那個男人是什麼人呢？

人慣於炫耀自己所沒有的或自己所缺少的東西，不單在物質上，在精神上，也是如此，一個人若是無時無地不在說自己是多麼多麼的幸福，那麼這個人非但不幸福，大有可能，十分痛苦。

一個人在說話之時，每喜引經據典（俗稱「拋書包」）的，其人的學問，大抵也高深不到哪裏去，同樣的，若是說起話來夾雜英文的，則其人的英文程度，和他夾雜的英文多少成反比，也就是：夾雜的英文愈多，程度愈低。這現象十分有趣，是不？

真正的富翁，都不炫耀財富，非但不炫耀，而且惡為人知，所以有拿了「富翁排名榜」去問富豪的，得到的答案都是：哪有這樣的事？或者是：是嗎？怎麼我自己也不知道？諸如此類，因為他已有，就不必再炫耀。

炫耀這種現象，由來已久，可說是人的天性，不必非議，只是指出有這種現象而已，並無貶意。

明白有這種現象的存在，對於處理人際關係，很有用處，尤其是入世不深的青年，可以不為對方的表面所迷惑。

曾有一個小富翁被老千所騙，人家問他怎麼會上當的，他苦笑回答：老千看起來，派頭比我大得多！

毛病就出在「看起來」上頭，看起來有的，是老千拿出來炫耀的，而那正是老千所沒有的！

明白人有這種習慣，自然可以避免許多不必要的煩惱了。

義氣

要人講義氣，目的是想佔人便宜。

如果聽得甲說乙沒有義氣，或乙不講義氣，那麼，事實必然是：甲向乙有所要求，乙拒絕。不論甲和乙的關係怎樣，甲若向乙有要求，乙有權拒絕。要求他人有義氣，目的是想佔人的便宜，佔不到，就說沒有義氣，不通之極。

義氣是自然產生的，硬要他人對自己有義氣，已不僅牽涉有義氣和沒有義氣的關係，也涉及利害關係，一涉及利害，還有何義氣可言？

所以，本身懂得什麼是義氣的人，絕不會要求他人有義氣。就算甲對乙過去有千般恩，也應該「施恩勿念」，要是總把對人家的好處，掛在口邊，這已經不是有義氣的行為了。若是對人家好的目的，是希望人家報答，那更和義氣無關，是一種買賣行為，而且是一種十分蠢笨的買賣行為，上海人稱之為「現銅鈿換賒帳」。

不要期望別人對自己講義氣，那是很笨的事！

更不要到處說別人沒有義氣，那是更笨的事，暴露了自己的要求不遂！

喝彩

自我喝彩，只會有反效果。

有一個笑話，說一個唱戲的，多半是功夫並不怎樣，所以在台上雖然賣力演出，可是台下觀眾，卻吝嗇彩聲，不向他喝彩。於是唱者別出心裁，唱上兩句，就來上一聲喝彩聲，實行自我喝彩。

人家問他為什麼要這樣，他的回答是：別人都不喝彩，我自己再不喝，豈不是沒有彩聲了？

自我喝彩的後果如何，自然可想而知。

如果渴望有彩聲，這彩聲必須出自他人之口，不能自己先行鼓掌叫嚷，因為那只會起反效果，叫人一看到一聽到，就立刻知道這是沒有彩聲的結果——當一個人自我喝彩喝得起勁的時候，只怕也會有點心虛，別人就算無意間看上一眼，也會臉紅心熱的！

也有認為，時代不同，應該着重自我喝彩，不然，誰知道呢？這也說不通，總有工作成績擺出來給別人看的，只要真能贏得他人歡心，他人也絕不會吝嗇彩聲，有無數例子可以證明這一點。

出自他人之口的，才是彩聲！

一二三流

一流的不在了，絕不等於二三流的可以依次遞補。

人能有自知之明的不多，而且，都集中在一流人物身上，二三流的人，要是有自知之明，也不致常在二三流，早有晉身一流的機會了。

所以，多的是二三流自以為一流，之所以不是一流，歸於種種其他原因，例如運氣不好哩，後台不夠硬哩，沒有人家會吹牛拍馬哩，等等。

這還不要緊，這些，本來就是二三流者的特徵之一，沒有了這些特徵，也早變一流了！

最要不得的是，很多二三流者都有一個誤解，認為一流的如果不在了，那麼，自然可以由二三流者依次補上去。有了這種錯誤的觀念，二三流的，就會千方百計，想把一流的從一流的地位上弄走！

唉，這真是大錯特錯！一流的就算不在了，二三流還是二三流，補不上去的。前些日子，評馬一流的一位，忽然向電視台「劈炮」，二三流的大喜若狂，紛紛「蒲頭」活動，但結果，能變成一流嗎？

始終只是二三流！

堅拒

對於提出非分要求的人，必須斷然拒絕！

有一些人，特別喜歡向別人提出非分的要求，要求有時簡直匪夷所思，可是提出者還以為理所當然，所謂一樣米養百樣人者是。

早三十年，曾有人要求我作為一個極兇惡的貸款者的保證人。借貸雙方，都明白到，貸者一定還不出這筆錢，所以才商量來要作保。當然拒絕，而且拒絕得十分徹底，結果避過了一場災禍。

近來，又忽然有人要把一筆稿費「寄存在你這裏」，「因為相信你」，真是多謝之極，但是，有這個義務代人保存稿費嗎？若是許多人要我保管稿費，豈不是要建立一套帳簿？這種要求，當真是滑天下之大稽，自然一口拒絕，又不是新出來江湖行走，怎會惹這種麻煩上身！

是有這種人的，特別喜歡麻煩別人，被拒絕了，就到處說人不夠意思、沒有義氣，等等，而查其實，是要求不遂而已。

對於這種人，除了「堅拒」兩字之外，別無他法，就像杜絕臭蟲，必須「勤捉」一樣！

識趣

千萬要識趣

人與人的交往之中，千萬要識趣。不識趣，十分淒慘，自己或許當時不察，但旁人已是慘不忍睹，一旦自己也明白了，那就會恨自己當時如何竟然會如此之不識趣，後悔不已。

不識趣的人，在人際交往之中，決不會受歡迎，久而久之，甚至有令人「望風而逃」的特異功能——到了這一地步，自然是不識趣者的大悲劇了。

其實，要識趣，十分容易做得到，記得盡量少麻煩他人，少纏他人就是。

有的人，以為和別人交情極好，可以要別人這樣那樣，有了這樣的想法，已然是不識趣之極了，人家礙着面子不發作，心中必然有惡言相向，若不及時而退，後果自大是不妙。

也有一等不識趣的人，總以為自己在各種場合都受歡迎，於是，便有慘不忍睹的場面出現。導致有眾多不識趣的人存在，是由於人際交往不講真話的結果，對不識趣者，暗示沒有用，非「明示」不可，才有效用。

分寸

再熟，也要有分寸。

人際關係，十分複雜，其間的學問之深，學上一輩子，也未必學得會十之一二。毫不通情達理、處處惹人厭的老年人多的是，全是生活了幾十年的人，由此可知與人相處之難。

有云「人情練達即文章」的，十分有道理，說穿了，也就只是一個原則——遇事，多替他人想想，不要只為自己，不為別人。有了這個原則，也就在人際關係上，有好的方面三分光了。

根據這個原則，若是和一個很熟的人，不論熟到了什麼程度，也不可沒有分寸，這分寸自然和對完全陌生的人或半生不熟的人不同，可是也絕不能沒有了分寸。這分寸是要明確地知道。兩個人之間，再親密，也必然是有距離的，不可以連這一點距離也當作不存在，因而就沒有了分寸。

把「親密無間」當成了真正沒有距離，在對待上可以完全不講分寸的唯一結果，就是距離愈來愈遠，甚至一下子變成陌路，都有可能。

不能把別人完全當自己，不管那個人是什麼人！

尋根究柢

別人有意掩飾，切忌尋根究柢。

常見一些問和答的場面，簡直慘不忍睹。答的一方，很明顯地在掩飾，不想給真的答案，可是問的一方，還在涎着臉，想要得到答案，不識趣至於極點。

問的一方，有時甚至也不知道真正的答案是什麼，只是心中放定了一個答案，或是根據一個流言，想要答的一方，親口證實這個流言。

這是一個絕無法達到目的的愚蠢行為，人家不願意回答，就該識趣，不要問下去。

可是笨人多有，有時，見答的一方，對一個問題，連避了七八次，問的人還在問之不休，直到你大喝一聲：「除了這個問題，你還有別的話說沒有？」這才訕訕地閉嘴，還因為不知自己的行為愚蠢而面有悻然之色，看到這種場面，只好搖頭嘆息：世上真有笨人的。

好奇心人皆有之，所以想知道別人的隱私，倒也情有可原，但是也絕不能蠢到要當事人自己把隱私說出來的地步！聰明的做法自然是事先估計到這個問題人家是不會答的，根本不必問，大家省氣省力，多麼好！

可惡

問了問題，有了答案，卻不肯相信的情形，十分可惡。

這句話相當複雜，要把實際情形寫出來，才能明白這種情形的可惡程度。

話說一日，有電話來，來電者並無印象，卻要「做個訪問」，一開始未曾拒絕，那是自己的錯，怪不得別人。問就問吧！

第一個問題是：「╳╳早就說你寫了一千本書，現在，怕有兩千本了吧？」

答的時候帶着笑：「哪有那麼多，最多三四百本吧！」

問的人不相信，還堅持：「可是╳╳早就說你超過一千本了！」

再好聲好氣答：「真的沒有那麼多！」

問題如壞了的唱片，大聲重複：「可是╳╳說超過了一千本！」

情形發展到這一地步，可以說可惡之至了，除了摔電話之外，不可能有別的結果。

自然，摔電話之前的一兩句粗話，是免不了的。

廢話

你我年紀都不輕了，請別再把生命浪費在廢話上。

有不少人，譬如說是甲，在和乙對話時，喜歡講既和甲無關，也和乙無關的話，這種話，通常多作廢話。講廢話，其實也很有趣，只要負擔得起，小兒女拿起電話來，可以一講好幾個小時，樂此不疲，因為他們是小兒女，生也無涯，浪費得起。

等到垂垂老矣，生命眼看快到盡頭，自然浪費不起，不肯再浪費說廢話，於是，一有這種對話時，就不斷提醒：「請長話短說！」「請說和我有關，或甚至和閣下本身有關的事！」一再懇求之下，對方仍然熱中於說廢話，就只好指出事實：「既然你我年紀都不輕了，請別再把生命浪費在廢話上！」

如果對方一定熱中於浪費生命於廢話之上，那麼，或先放下電話，或是掉頭就走，總有辦法可以中止這種浪費的，生命是自己的，每一分每一秒，都寶貴無比，絕不能浪費在廢話上，要拒絕得清脆玲瓏，斬釘截鐵，不能拖泥帶水，否則，後患無窮。

處理得好，十之八九，可以其怪遂絕。

笨事

一樁事，是聰明事還是笨事，絕沒有真正的絕對的標準。

常聽得有人說：「唉，甲是聰明人，怎麼會做出這樣的笨事來！」很簡單的一句話，可是詳細分析起來，卻十分有趣。

一、「聰明人」的解法有誤。聰明人，怎麼會做笨事呢？若是肯定了所做的是笨事，那麼，甲先生必然不是聰明人，而是笨人，聰明人是只做聰明事的，不然，也不成其為聰明人了。

二、「笨事」的界定有誤。一樁事，是聰明事還是笨事，絕沒有真正的絕對的標準，你看來是笨事，他的心目中可能是大大的聰明事。也有的時候，聰明事會變成笨事，笨事會變成聰明事，世事多變幻，誰也吃不準，除非界定這件事是笨事的人，絕對肯定那真是笨事，不然，這句話簡直不能成立。

三、聰明人有沒有可能，終其一生，在每件事的應對上，判斷上，都那麼聰明呢？如果是，那麼這個絕對的聰明人，不是人而是神了——甚至超越了神，耶和華上帝就曾後悔造了人。所以，若是承認世上根本沒有絕對的聰明人，那麼，他偶然做了一些笨事，也就十分正常，不值得感歎，這種話也就不必說——聰明人是人，沒有人可以做得到的事，聰明人自然也不能例外。

四、一般對笨事的理解是：做了這樣的事之後，譬如說甲先生吧，那會對甲先生的名譽、地位、金錢種種方面，都有損失，於是旁觀者感歎不已，認為他是做了笨事。發出這種感歎的人，都是以真正的主觀願望，甚至牽涉到自己的利害關係來說的，有沒有顧及到甲先生自己的心意如何？或許他十分樂意做這樣的笨事呢？一個人做他自己樂意做的事，自然不能算笨事了！

有云「萬物靜觀皆自得」，分析一些常聽的話，也很有趣。

真笨

常問別人自己是不是很笨的人，真是很笨的。

有一次，心境不是很好，有點失落，自然不想笑，可是目睹耳聞一段對話，悶鬱的心情，一掃而空，哈哈大笑，開懷不已。

對話的雙方，都很有點來歷，不必追究是男是女，就稱之為甲、乙。

甲問乙答，甲問的是：「我是不是很笨？」

一聽到這個問題，就怔了一怔，心忖，換了是我，怎麼回答呢？當面說人笨，似乎不好意思，那還要看交情如何，交淺而言深，道出真相，大可不必了，而且這樣問的人，毫無疑問是真的笨人，笨人，你說他笨，他會生氣的，他期望的是人家說他不笨。

一面尋思，一面又等着看乙如何回答。心想，乙一定說甲不笨。

果然，乙連聲道：「不笨，不笨，你怎麼會笨！」

甲聽了之後，面有得色。可是乙在這時，又補充了一句：「有很多人比你笨多了！」

就是在這時候，忍不住大笑的。

當局者迷？

當局者，身在局內，怎麼會迷？

常聽得說的話之中，有許多是經不起深究的，一經深究，就大有問題。例子多得很，可以隨手拈來，像「旁觀者清，當局者迷」就是。

當局者怎麼會迷呢？

當局者，身在局內，所知的資料，一定比旁觀者來得多，在旁觀者只能東猜西料，根據局外人所能得到的極少資料，對一些事作判斷時，當局者早已經知道是怎麼一回事了，怎麼會迷？

當旁觀者覺得所有的事，神秘莫測，可能朝這個方向發展，又可能朝那個方向發展，那是旁觀者迷的時候，而在這個時候，當局者也早已知道會朝哪一個方向走了，又何迷之有？

當局者一定比旁觀者清楚，事情會如何發展，當局者是清清楚楚的，不但清楚，而還大有餘力來迷惑旁觀者，欺騙旁觀者，使不明情由的旁觀者，誤把欺騙當作承諾，誤將刀鋒當作笑臉。主動權全在當局者的手裏，當局者怎麼會迷？

也有的當局者，在事情的真相揭露之後，在旁觀者恍然大悟，在受了徹頭徹尾的欺騙之後，當局者會說：唉！當局者迷！

這樣說，只有下列兩個可能：一、他還根本不是當局者，只是自以為是，真正的當局者沒有把他放在眼裏；二、他還想繼續欺騙旁觀者。

有自稱當局者迷的，都是在騙人，決計不是真迷，當局者清楚得很。

唯有明白了這一點，旁觀者才可能清，才不會被繼續蒙騙下去。

爭論

有些事，是不必爭論的，像電影票房，像單行本的銷數。

有些事，可以爭論；有些事，沒有爭論的餘地。像電視電台的收視率收聽率調查，就屬於可爭論的一類。那是由於調查的方法有問題，所得的收視率或收聽率，都沒有一個確切的根據，是以調查者說的一面之詞，當然並不一定靠得住，所以大可爭論，他說你的不對，你說他的不確——這種爭論，也很難有結果。

有些事，則不必爭論，像電影票房，收入三千萬就是三千萬，三百萬就是三百萬，就算報大數，也有一個基數在，影片不能三百萬數開三千萬，而且，到最後，電影院裏沒有人，影院也不會讓電影映下去，所以，電影票房是可信的。

還有，不必爭論的是書本的銷數，一萬本是一萬本，一千本是一千本，那也是假不了的，出版社和作者，都再清楚也沒有，不必爭論。

不必爭論的事，清清楚楚；要爭論的事，糊裏糊塗，可是偏有許多情形，不必爭論的也有人爭之不休，真絕。

不悔・無悔

不悔和無悔是兩回事，關鍵在於認不認為有錯。

不悔和無悔是兩回事。

知道做錯了，可是並不後悔，那是不悔。根本不知做錯，或是認為沒有錯，並無後悔這件事，那是無悔。

關鍵是在於認不認為有錯。

一般來說，人在做了一些事之後，在很多情形下，會知道自己做錯了。在知道自己做錯了之後，態度有後悔和不悔兩種，各人根據各人之不同的性格處理。

很不明白懊喪後悔欲死的那種態度，除非後悔可以改變已發生的事實，可是已發生了的事情，是無法改變的，所以後悔不但於事無補，而且大是傷神，妨礙了日後的進展，是十分蠢笨的事，不如不悔。不悔，並不是不知錯，知錯而不悔，當作是一場教訓，可以減少重蹈覆轍的機會——人的行為，有時十分愚蠢，同樣的錯誤，可以犯上好幾次的。

不悔是知道自己犯了錯之後的上佳態度。和無悔不同的是，無悔是根本不認為自己有錯，或不知道有錯。

本來，對或錯，沒有什麼一定的標準，你認為對的，他認為錯，反過來也是一樣。可是也有一個基本的準則：在這個行為中得到了一些，還是失去了一些，總可以衡量得出來的。

有得，自然沒錯；有失，自然錯了。這不是功利主義，因為得和失，不一定指物質上的，精神上的得失，也可以衡量得出。

若是明知錯了，死不肯承認，那也不能算是無悔，只是不肯認錯。無悔者十分有福，因為他根本不知道自己有損失，還以為大有收穫，這種行為，當然屬於無知的範圍。

欣賞能力

一個人的欣賞能力，和這個人的知識程度，有十分密切的關係。

螞蟻大抵不會欣賞獵豹，也無法欣賞獵豹，因為兩者之間的距離，相去甚遠。螞蟻在地上爬，獵豹一掠而過，螞蟻從何欣賞起呢？就算螞蟻有幸，爬上了獵豹的身子，牠能欣賞到的，也只是獵豹的皮毛，怎能欣賞到獵豹的矯健？再幸運一些，螞蟻上了樹，從上而下看獵豹，能看到些什麼呢？也一樣什麼都看不到，既然無法欣賞，自然也絕對無從知道獵豹是什麼樣的生物。

自然，螞蟻和獵豹，可以換成任何距離極遠的兩種生物，例如海藻和海豚，甲蟲和野馬，文盲和曹雪芹等等。所以，一個人的欣賞能力，和這個人本身的知識程度，有十分密切的關係。本身知識程度低的，自然難以欣賞他人的工作成績，那是這種人自身的問題，和他人的工作成績是好是壞無關。

人的知識程度是窄面的，不可能有人在任何知識領域中都有高程度，一個傑出的天文學家，未必可以欣賞緙絲工藝。一個出色的鋼琴家，也可能不會對遺傳化學有了解的興趣。一個人若是自稱什麼都懂，這個人多半什麼也不懂。

正因為欣賞能力和一個人的知識程度有關，所以也有一些人，不懂裝懂。因為他若是給人以懂了、能欣賞了的感覺，自然也給人以他的知識程度高的感覺，這就是不懂裝懂者的目的。

如果只是裝着懂了，點頭微笑，作欣賞了解狀，倒也高深莫測，叫人不敢小覷，可是若忽然得意忘形，指手畫腳，或是口沫橫飛發表起宏論來，唯一的結果，就是原形畢露，原來他是不懂的！好的工作成績，必然有人欣賞。若是有許多人欣賞你的工作，而有一兩個人裝着看不見，那是他們程度不夠，不關你事！

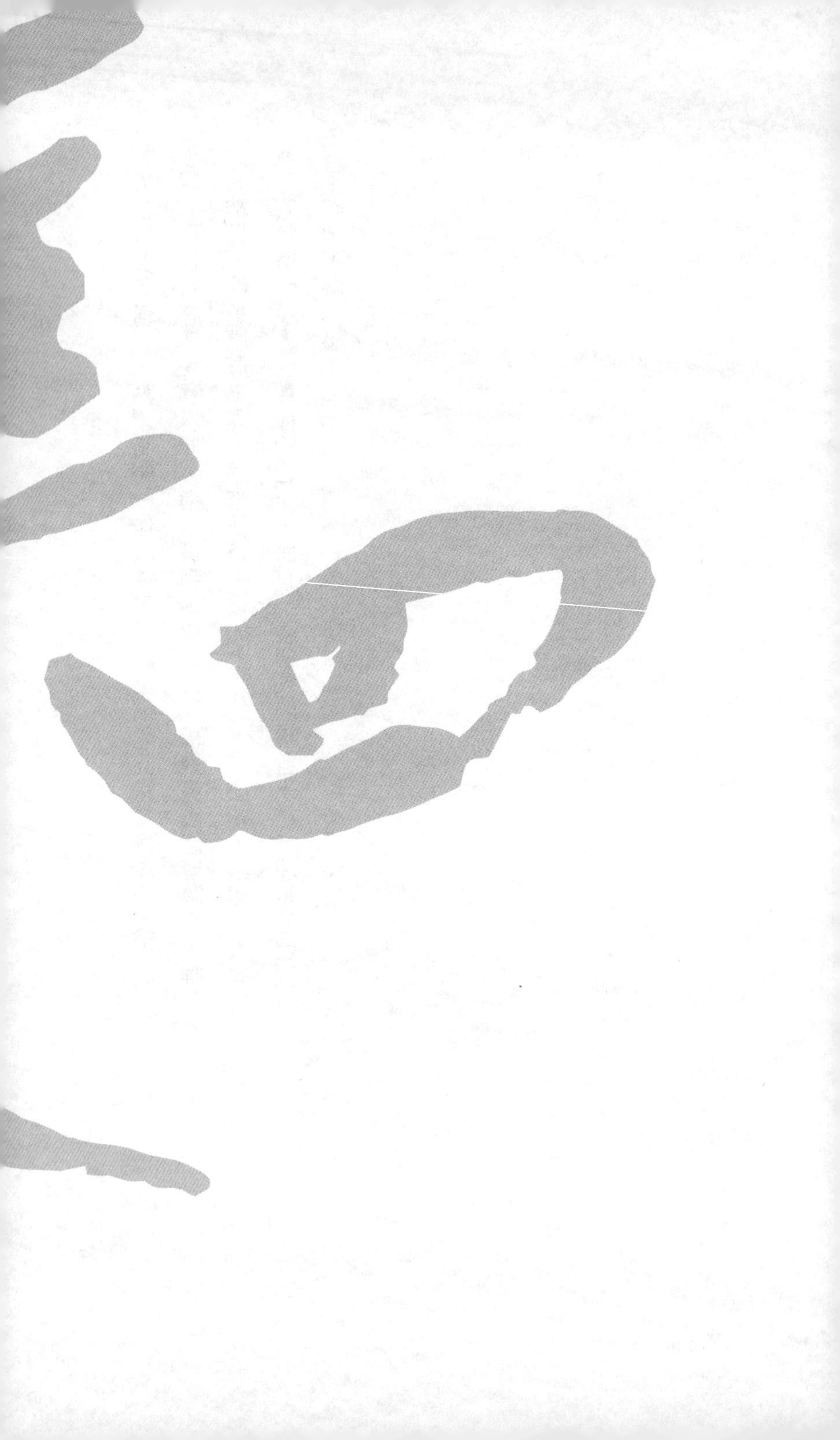

第四輯

娛樂

怯場

要克服怯場，其實並不需要多大的勇氣。

怯場，是一種相當可怕的現象，若是早知會怯場的，那還好辦，明知會怯場，不出場好了。打定了主意不出場，自然也不存在怯場的問題。可是，在很多情形下，糟就糟在根本不知道會怯場，而到臨出場之時，忽然怯起場來，那怎麼辦呢？不出場，勢不可行，出場，又打從內心害怕出來，明知上得場去，必然雙腿發軟，舌頭打結。準備好，甚至練習過的一切，都化為烏有，那才真正糟之極矣。也有很特別的情形，是只在出場之前怯場，一出了場，把心一橫，恐懼感一掃而空，揮灑自如，那是得天獨厚的例外，普通人是做不到的。

也別以為只有普通人才會怯場，慣於出場面對公眾作表演的藝人，也會怯場的。艾維斯・皮禮士萊（俗稱「貓王」）是歌唱家、天皇巨星，可是每次出場之前，他就緊張得雙手冰涼，冒冷汗，自然，出得場來，觀眾是絕看不出來的。再舉一例，被稱為當世最好的男高音，那個大胖子，在台上唱歌時，總一手抓一條手帕，記者問他何故，他說可解除緊張。由此可知，怯場這種心理現象，普通人和非普通人，都會發生。

在人生舞台之上，表演的方式極多，多姿多彩，而且無可預料，所以克服怯場心理，十分重要，除非不在人生舞台上出場。有一種可怕的心理現象——自閉，就是怯場心理積聚而成的。

走出去，就算一跤摔倒在場上，也不過是摔一跤，沒有什麼大不了，總比縮在一角發憷好，而且，極多情形之下，心中發憷，別人是看不出來的。

要克服怯場，其實並不需要多大的勇氣。

多血

天生的無可補救的不幸

心理學上，把性格容易衝動，脾氣暴躁，性子急的人，稱為「多血質」——「多血」兩字，相當傳神，試想，動不動就臉紅脖子粗的人，若不是體內的血比常人多，怎麼會那麼容易一下就有那麼多的血湧向頭部。而人的頭部一多血，只怕就會影響正常的思考能力，鮮有人在盛怒之下，還可以保持頭腦清醒的。

在盛怒的情形下，腦部的活動不正常，所作出的判斷也會不合常規。常常可以見到一些人在盛怒之下的行為，乖常之極。事後，當聚積在頭部的血液，回到了它應該在的地方時，也會愕然自己何以會有這樣的言語和行為，可是都已發生，再後悔也來不及了，嚴重的，可以影響一生，這種例子甚多，不勝枚舉。

所以，特別容易發怒的多血質人物，在群體生活中，就十分吃虧，很難想像一個動輒腦袋充血的人，會得到群眾的歡迎，就算他是一個皇帝，也必然是一個暴君，留意一下歷史，就可以知道暴君十之八九，不會有什麼好的下場。

天生多血質，是先天的不幸，無可補救！

氣昏

新聞系的學生做泥工，校長居然生氣，實在令人難明。

早些日子，看到了一篇題為「學生做泥工」的短文，專欄的名目是《教餘漫筆》，作者威文，是教育界的人士——公餘時間，兼任一間大專的新聞系講師。他在短文之中說，有一次開教務會議，校長說出了一個事實：「一個新聞系的同學，竟然在她家附近的地盤當泥工，剛巧校長駕車經過，差點氣暈了在地。」

連看幾遍，大惑不解。不解的是，這位校長為什麼要氣，而且氣得差點暈倒呢？

一個新聞系的學生，在課餘兼職做泥工，這個學生，必然是好學生，作為校長，看到了這樣的學生，高興且來不及，為何要生氣？

新聞系的學生做泥工，不但可以賺取金錢，作為學費，而且可以大大豐富生活經驗，對他日後要從事的新聞工作，有極大的幫助，可以說是提前體驗了勞動階層的生活方式，有這樣的好學生，校長居然會生氣，這位校長的心態實在令人難明。

或許，校長的心目之中，大專學生的身分，和泥工相去極遠，大專學生當泥工，是自失身分的事。如果這是校長的心態，那簡直可怕之極——有這種心態的人，怎能作育英才，為人師表？

大專學生不過分依靠家庭，在求學時期就去找工作，是一件極值得鼓勵的事，職業無分貴賤，早已說了好多年，做泥工又有什麼不好？這位去做泥工的年輕人，非但一點也沒有錯，而且值得尊敬，若這位校長居然對他進行不合理的處理，那才會叫人氣得昏過去！

博懵

成年人都應該早知道自己做什麼

前些時，電視圈的新聞是，有女演員投訴在拍強姦場面時，被男演員「博懵」（即趁機揩油），過程是被男演員碰到了雙乳，摸或抓，諸如此類。

女演員投訴了之後，男演員也有澄清的聲明，認為自己並沒有不對，反指女演員沒有演員道德。

「沒有演員道德」的指摘，或者過嚴了一點，但是，成年人都應該知道自己在做什麼。女演員答應了演出被強姦的場面，自然不能期望男演員斯文到連她的身體都不碰一下，若期望有這種情形出現，不如一早辭演。

粵語中有一句話相當傳神：「食得鹹魚抵得渴」。怕口渴，可以不吃鹹魚；吃了鹹魚，也就不必投訴口渴。

看起來，所謂「投訴」，還是宣傳那個電視片集的成分居多，那個片集，本來沒有什麼人注意，一有這樣的新聞，至少大家都看看那場「博懵」的戲，究竟是怎樣的一個情形了。

就算是宣傳，也可以照事論事。成年人做事，都應早已知道自己在做什麼，估計到會有什麼事發生！

拍戲

拍電影十分辛苦

曾參加一部電影的演出，做演員，且跟外景隊出外景，和許多著名的演員一起做戲。事非經過不知難，過去雖然也曾拍過，但都是一閃就過的角色，這一次，動作和對白都不少，這才知道拍戲的辛苦，有難以形容的程度。所以，若是有男女青少年，表示「想拍戲」、「想當明星」，就必然鄭而重之地先告訴他們：「拍電影是十分辛苦的！」

銀幕上看來的十秒鐘，可能在拍攝的時候，就要十多個小時，若是安安全全地拍，倒也罷了。看看那些危險動作的拍攝過程，簡直叫人不寒而慄：

成龍幾乎跌破頭跌死，張曼玉被鐵架子砸得血流披面，龍虎武師摔成終身殘廢，李賽鳳胡慧中被燒得嚴重受傷……

例子太多了，那簡直不是拍戲，是在玩命！

任何有志投身電影事業的青年，都必須有這個思想準備，而且須知一點：吃了苦，不一定成功。非但不一定成功，而且，不成功的可能，大大高過成功！

拍電影真是十分辛苦的！

小柏林

小柏林是自馮寶寶以後的最佳兒童演員

天才兒童演員，十分難得，無法培養，或許有的兒童有演戲的天才，但也不是人人都有被發掘的機會，天時地利人和，缺一不可，所以，香港在出了一個馮寶寶之後，又出了一個小柏林，算是十分幸運的了。

小柏林是繼馮寶寶之後的最佳兒童演員，他就算在演戲的時候，也完全是兒童，而不是「小大人」。

「小大人」是最討厭的兒童演員，小柏林沒有這個毛病，他可以在過千人的頒獎典禮上說「阿媽我好眼瞓」，這就是兒童本色。

有機會和小柏林一起拍照，他聰明伶俐之極，而且不是很受控制，一切要他自己高興，十分之有性格和情緒化。

倪震曾和他有幾句對話，令人佩服他的兒童話和記性：「你和我老豆影過相！」

「倪匡是你老豆？」

「係。」

「即係你要聽佢話！」

娛樂

娛樂節目，緊張什麼？

近年來，直接參加了電視節目，而且不是幕後，是幕前——人生的變化很大，往往意料不到，幾年前，做夢也想不到會有這種情形發生。

參加了電視節目之後，才知道幾乎所有的電視工作者，都有不同程度的緊張。尤其是現場直播的節目，都事先排了又排，練了又練，務求一板一眼，完全可以照劇本進行為止。

連純娛樂性的節目，也有這種情形。

真的不是很明白，娛樂性的節目，不是就是娛樂觀眾嗎？不就是要令觀眾覺得有趣和好笑嗎？若是一板一眼地去做，當然沒有差錯，可是觀眾所得到的娛樂性，也必然大大地打了折扣了。

尤其，若是太緊張的話，這種緊張，會傳染給觀眾，那倒真不如頻頻出錯，惹得觀眾嘻哈大笑的好了，反正是娛樂節目，緊張什麼？

自然，也有頻說緊張的，上了台，一點也不緊張，熟人之中，黃霑就是，他的緊張，其實是興奮。

秋意

有幾千種可以感覺的方法

用什麼方法去感覺秋天已經來到了呢？秋天是一年四季中最可愛的季節：春太濕，夏太熱，冬太冷，只有秋，是乾爽涼快的。

對了，一早起來，推開窗，感到有一絲涼意的時候，就可以知道：秋來了。

溫度真是十分美妙的感覺，看不見，摸不着，可又確然是一種實實在在的存在，可以使人心曠神怡，也可以使人痛苦不堪，甚至還能殺人！

或者，當在山野間漫步的時候，忽然有連續的落葉，飄到了身上，那也可以知道，秋天到了！

（有一種不知名的樹，夏天開了一樹的黃花，艷黃艷黃的，可以在一夜之間，花落了滿地，一地的艷黃，任人踐踏，看到那些花瓣和泥塵混成一體，也可知是秋天的所為，秋天令花落葉落，也給人希望：明年再來！）

還有一個更簡單的方法：洗臉之後不久，發現毛巾乾爽了，也就知道秋天到了。

真是，誰不知道秋天到了呢？有幾千種方法可以知道秋天到了，人人不同，像我，需要更多的酒，就可知道那是秋夜。

看蝦

體態優美，難以形容。

古人的風雅行動之中，有觀魚，而沒有看蝦的。著名的觀魚故事，自然是「子非魚，安知魚之樂」，有許多圖畫文字，記載着兩個哲人觀魚的對話。

為什麼只有觀魚，沒有看蝦，很不容易考證出一個所以然來，或許，除了珊瑚蝦（海蝦）之外，河蝦全具有和水色或草色差不多的保護色，所以不方便觀賞，在一道小河或山溪邊，就算水清見底，也只可見游魚歷歷可數，看到蝦在水中跳躍嬉戲的機會，不是很多。

從小就很喜歡看蝦，方法是用一隻白瓷盆，在河裏撈了蝦，養着，放上三數莖水草，看神態威武的蝦，徜徉期間，其樂無窮。

蝦的體態優美，動作靈敏，長鬚大頭，單是看牠腹際不斷在撥動着的部分，已經可以覺得奇妙無窮，蝦的身體透明的，更可見身體各部分的運作情況。

蝦的外形，十分獨特，除了蝦之外，只有陸地上的蠍子與之形態相仿，但相仿還相仿，卻是蝦優美而蠍子醜惡，相去不可以里計。

閒來看蝦，是很有趣的事，不妨一試。

燒烤和涮鍋

可笑的事，世上有很多，明明結果是一樣的，偏偏用不同的過程來變花樣。

天寒地凍，在食物豐盛如香港的地區，人們變着花樣來吃，就會喜歡兩種進食的方法：燒烤和涮鍋。這兩種進食的方法，目的是一樣的：把生的食物，變成熟的，可是過程卻大不相同。

燒烤，是使食物直接接觸到火的熱力，由火焰的熱力，直接使食物變熟，所以過程十分激烈，火舌舐在食物上，會發出由生變熟的過程中特有的聲響，食物若是脂肪豐富的，還會起火，使食物變成燃燒的材料。燒烤的方法一有不妥，食物便容易在火焰之中，成為焦炭。燒烤，是一種直接的、激烈的、開放的、毫不容情的、嚴酷的煮食方式，尤其是生的食物，在燒烤過程之中變熟時，更是驚心動魄。

涮鍋令食物變熟的過程，是間接的。在食物和火焰之間，隔着水：火的熱力，先使水的溫度提高，達到沸點，然後，把食物放進沸水之中，由水的熱力，使食物由生變熟，整個過程，藏在水中進行，不能直接觀察，不是那麼赤裸裸，所以，看起來，好像比較溫和一點，血淋淋的程度減輕很多，大抵文人雅士、遠庖廚的君子，要在燒烤和涮鍋兩種方式中任擇其一的話，多半是會選擇看來較為溫和的涮鍋。

這種情形下，若是食物本身有選擇權，會選擇哪一種過程呢？只會根本不選，結果完全一樣，選來作什麼？

可笑的事，世上有很多，明明結果是一樣的，偏偏用不同的過程來變花樣，變得好像很不同樣子。

於是，食物熟了，大口嚼吃吧，管它到底是怎麼弄熟的！

冷氣

台北沒有地方是冷氣夠冷的。

許久沒去台北，一年多了。最近去了一次，正當盛暑，臨走之前就有點嘀咕，因為憑以往經驗，知道台北的公共場所、酒店房間，幾乎毫無例外，冷氣都不足，半冷不熱，空氣不流通，於是一樣流汗，卻又流不痛快，真是窩囊之至，十分之不舒服。

可是隨即想，台北經濟起飛，外匯儲備多達七百多億美金，財大氣粗，自然不會再小裏小氣，連冷氣都開不足了。誰知道一去之下，依然故我，還是處處冷氣不足，熱得人汗出如漿。

應該裝八十匹冷氣機的地方，若是為了省錢省電，只裝四十匹，必然的後果是冷氣不足。怪的是台灣朋友都習慣了這種情形，一頓晚飯，人人滿頭大汗，除了筆者之外，竟沒有人提抗議，該高級飯店的經理也在坐，對筆者的頻頻呼熱，且覺得十分奇怪。

回到香港，各處地方，連餛飩麵店，都有透心涼的冷氣，那才是真正的冷氣。

台北是富，但是怕富得太快了些。

第五輯

我是我

我是我！

我是我！

極欣賞黃霑的《問我》那首歌，也最喜歡其中斬釘截鐵、硬錚錚的一句詞：「我是我！」

任何人都可以用最大的聲音，用最自傲的姿態，叫出這三個字來：我是我！

這才是作為一個有獨立人格的人應有的氣概，也是每一個人與生俱來的權利，任何人，都有權是他自己，而任何人等、任何力量，都不能左右；任何人，都是他自己，一切行為，有權自行決定，不受任何人等、任何力量的影響——我是我！

這種每一個人與生俱來的權利，最易被惡勢力所剝奪。極權統治這股惡勢力，剝奪得最徹底，它公然提倡人不是人，只是一枚螺絲釘。它集中一切力量，使每一個人照它的意志行事，而不是照每個人自己的意志。

當人人不能高聲說「我是我」的時候，也就是人權喪失的時候，沒有了自我，就什麼也沒有，只剩下極權統治的醜惡了！

別小看了這三個字，不是每個地方都可以高叫的！

狂人

我是一個狂人，有時狂得可愛，有時狂得可惡，要看閣下的運氣如何而定。

有一次，幾個人，有陌生的有極熟的，忽然同時異口同聲，指着我說：你真是一個狂人！

對，說對了，說得極對——用一般的標準來說，我是一個狂人，絕不理智，只講感情。但是用我自己的標準來說，這才是正常，別人才是狂人。不過，既然行為有別於一般人口頭上的標準，也就應該有自己承認是狂人的勇氣，狂人就狂人，卻又怎地！（這句古語的英譯是 So what！）

做一個狂人，而且可以過去如此，現在如此，將來也如此，頗不簡單，也不是人人都可以做得到的——忽然聯想到的是，這情形，就像不是每一個女人都可以做妓女一樣！通常都是做妓女也不成的女人，最鄙視妓女。

據坊間的評語，這個狂人，有時狂得可愛，有時狂得可惡，是可愛還是可惡，猶如買大小，說不準，要看閣下的運氣。

所以，最好辦法，是遠而避之，絕不主動相會，以保平安！

癡人

癡人一生之中，已不知做了多少笨事，而且，勢必再繼續做下去。

一天，黃偉民老弟忽然光臨寒舍，攜來印章一枚，一看印文，乃「也是癡人」四字，蒙見贈，不禁大樂。「癡人」之上有「也是」兩字，莫非黃老弟也以癡人自許？而自己，千真萬確是癡人，這一點自知之明，早已有了，不自今日始。

若干年之前，有一位女士看穿了某人這一點，當面叫着名字，說：「你其實極笨的！」這人一直被別人當作是聰明人的，於是，各人皆斥那位女士的不是，但當事人十分誠懇地承認：真的，她說得對，真的很笨，真的。

癡人是愚人或妄人的別稱，一生之中，至今為止，已不知做了多少笨事，而且，勢必再繼續做下去，更有甚者，若是在做的時候，不知那是蠢事，做了之後才知道，也罷了，妙的是在做的時候，已經知道那是蠢事，愚不可及，可是還是努力去做，這是什麼道理呢？當然說不出道理來，若是說得出來，也就不會做了，是不是？

有時清夜捫心，自己也不禁失笑：怎麼會有這樣的人？可真是有，就是自己。於是也就找到了理由，自己安慰自己：做了五十年癡人，倒也沒穿沒爛，好像還可以繼續做下去？

當然，還可以做下去。有癡人，各位就要聽癡人的各種意見——乖乖不得了，若是竟然有人同意了見解，那就真的合乎那顆印文的四個字：「也是癡人」了！

如果世界上所有人都是癡人，會不會比現在好一點呢？

這，只怕又是癡人之言了！

說夢

人都有夢，癡人有，聰明人有，天縱英明的偉人也有。

癡人說夢，有出典的：一個和尚，人家問他：何姓？他答：姓何。人家又問他：何國人？他答：何國人！

於是，人皆以為他是癡人，其實，這個和尚的話，很有禪機。後世人有作解釋者，認為那是以夢幻為事實，而眾生愚昧者，往往誤認虛幻為真實，不明白一些話的真義，自己去牽強附會——癡人說夢之餘，更多的癡人，也被引進了夢境之中。

人都有夢，癡人有，聰明人有，天縱英明的偉人也有。也人人都想把夢境變成事實——不論這人是笨到極點，還是聰明絕頂，一旦想把夢境變成事實時，所有的人都平等了，都是癡人，因為大家都把希望寄在一件不可能實現的事上；夢如果可以實現，那就不是夢了。

在夢中，可以有各種各樣的設想，各種各樣的創造，完全不必考慮有沒有條件，有沒有可能。在夢中，人可以無翼而飛，直上九重天，把星摘下來，在夢中，人可以經歷了一生的悲歡離合，而醒來的時候，黃粱猶未熟。在現實中行嗎？別說飛上天了，從桌子上向下跳，也有可能把腿摔斷！

普通人，無權無勢，若是致力想把夢境變成現實，遭殃的還只是他個人；一個有權有勢的人，若是忽然努力要把夢境變成事實，必然有大量的人遭殃，遭殃的人數多寡，視乎這個大人物的權勢的大小，權勢愈大的，遭殃的人愈多——這不是癡人說夢，這樣的事，歷史上屢見不鮮，古已有之，於今尤烈！

你和我，有時都身不由己，難逃劫數，大人物的夢又一直不醒，真是氣數！

添花送炭

不錦上添花，也不雪中送炭。

俗語有云：只見人錦上添花，哪見人雪中送炭。其實，這是人之常情，無可厚非，人總是趨炎附勢的，常對趨炎附勢嗤之以鼻，作出不屑狀，自鳴清高的人，必然比普通人更會錦上添花，不可給人瞞過。

不過，生平行事的原則，倒確然不喜錦上添花——當人人都在說什麼人好什麼事好的時候，可以避免不去湊熱鬧就不去湊，但也決不是不湊，認為應該湊的，還是會去軋一腳。

不喜歡錦上添花的原因，十分簡單，決非清高——其實那和清高不清高一點關係也沒有，只是覺得錦上添花，沒有什麼好處，人家的花已經夠多了，還在乎你的一朵半朵嗎？不如省回來自己留着或插或簪，實惠得多了。

不喜歡錦上添花，一定會雪中送炭了？別誤會，也不雪中送炭，原因有兩個：其一，若有人在雪中需要炭，其人應該自己負責去找，不應等人來送。其二，自己的炭還沒有着落，而彤雲密佈，大雪將臨，哪裏還有什麼炭去送給別人！

喝酒

不喝酒，怎麼能得到快樂呢？

曾說過：快樂的人，是不會喝很多很多酒的——這種情形，有一個專門名詞：酗酒。

可是，立即有了一個十分矛盾的問題：快樂的人不喝酒，但不喝酒，怎麼會有快樂呢？

除非是完全不喝酒的人，不然，多多少少，可以感到喝酒的樂趣。那股暖流，順口而下，直達丹田，然後又流遍全身，使得四肢百體，五臟六腑，每一寸皮膚，每一個細胞，都感到酒意的存在。

最重要的是，腦部感到了酒的存在——酒意最後會到達腦部，從生理上的實際存在舒服感，進一步達到心理上、意識上的舒服，那是一種真正的「靈慾一致」，不是局外人所能理解的。

如果不喝酒，什麼行為才能達到這樣程度的快樂呢？

想來想去，想不出有第二種行為可以替代，所以只好仍然選擇喝酒。喝了酒，與不喝酒，大不相同，連本文的標題，已與別不同了。

管它矛盾不矛盾，且喝它三杯兩盞！

酒量

我只是喜歡喝酒，酒量不好的！

又用「喝酒」來做題目，不知是第幾次了，好在題目雖然用了又用，內容每次都不同，所以還可以一再說下去。

喜歡喝酒，只要有可能的話，總是一杯在手，所以，便予人錯誤的印象，以為我的酒量一定極好。

這實在是相當糟糕的誤會，喜歡喝酒的程度高低，和酒量的好壞，絕不一定成正比，好酒無量的，大有人在。

自然，也有好酒有量的。遇上個好酒有量的人，好酒無量者就苦不堪言——又好酒，又無量，人家一大杯一大杯的喝，不能不陪，有時，還會連飲幾杯，那時，再聲明自己其實酒量極淺，就等於妓女對嫖客說她十分守貞一樣，誰會相信？而國人又一向以「能喝」為榮，於是，唯一結果，就是喝醉了！

喝酒的目的，本來就是想醉，可是醉也有三五七等之分，真正的大醉，十分辛苦，其辛苦的程度，只有青壯年的身體，才可以抵受，老年人是吃不消的。

請相信我只是喜歡喝酒，而酒量很差！

酒量變差

年紀愈大，酒量愈差。

愈來愈多的酒搭子——酒友，由於種種原因而罷喝，甚為無趣。而近年來，發現更無趣的是，竟然因為年紀愈大，而酒量愈差，所以每當喝酒時，就自然而然把「年紀愈大，酒量愈差」這八個字掛在口邊，念念有詞，而且，必然用國語，因為念起來可以押韻——賈寶玉先生曾說過：押韻就好。

不知是什麼時候開始有這種變化的，好像就是昨天的事。本來連盡「二大樽」而面不敢色，忽然之間，一樽下去，就昏昏然，惘惘然，超過一樽，簡直不知所云，所以前些日子，就曾公開討饒：我酒量不好的，請勿與我比試酒量。這種討饒，必須日子有功，經年累月下來，才會有用。

形容喝酒的數量，用「二大樽」這種寫法，是仿已故老友何行的筆法。何行的酒量本來很好，後來有了糖尿病，就不再喝酒了。

酒量變差，是不是代表體質衰老呢？那天聽王羽說他先喝白蘭地，再喝伏特加威士忌，整夜轟飲，不勝欣羨，這種日子，只怕此生不再了。能不悵然否？

急風

試喝幾杯酒，自然明白。

「三杯兩盞淡酒，怎敵它晚來風急」——很能道出心情不好的人喝酒時的心態，於是，大碗伺候，喝醉方休。然而事實上，不管只是三杯兩盞也好，是小醉中醉乃至大醉也好，「晚來風急」的情形是不變的。

於風急，還是風急，醉了，當晚不知道。急風所形成的一切後果，在醒了之後，還是該面對的要面對，該承擔的要承擔，一點也逃不了避不了，該你的還是你的。除非能一醉不醒，那又自當別論。

也有一說，逃避一天是一天，避得一時是一時——這種說法，也不是全沒有道理，若是能「一年三百六十日，日日都在醉鄉裏」，那麼，就逃過一年了。若是年復一年，皆是如此，自然也可以逃避十年八年，甚至一生一世。可是不禁要問，什麼人有這樣好的福氣呢？

晚來必然風急，三杯兩盞淡酒敵不過，但是有了三杯兩盞淡酒，總比沒有好，因為根本沒有辦法可以敵得過急風，根本沒有！

對不喝酒的人來說，通篇如同囈語，若真的全然不明，試喝幾杯，就自然明白了！

想起古龍

在他的性格之中，沒有「忍」字。

忽然想起古龍，自然淚如泉湧。

和古龍相交近二十年，可以記述他的事極多，忽然想起他，是想到了他的性格極度剛強。他曾說：我不能忍受任何羞侮折辱，哪怕十分輕微，也絕不能忍受！

他確然是如此，在他的性格之中，沒有「忍」字——這個字，被很多人認為是優秀行為，當作座右銘的。

常在想，一個民族，如果以「忍」為德行，唯一的結果，就是忍出無數暴君來，中國的歷史，似乎已經證明了這一點。

像古龍這樣性格的人，決計不忍，深得吾心，所以和他能成為好友，但是論到抗爭性之強，自知萬萬不及。

當台北北投吟松閣之變，流氓圖與他喝酒不遂，利刃相加，他竟然徒手擋格，以致被割斷動脈。送到醫院，命已去了大半，輸血三千毫升，從此種下禍根，輸血不乾淨，使他得了肝炎。患肝炎的人不能喝酒，他一樣不肯忍，照喝如故——事關自己的生命，他都要率性而為，不肯屈服，終於昏迷之後，與世長辭。

別人或許覺得可惜，他自己一點也不覺得，英年早逝，和帶病延年，他取了前者。他曾說：「叫我窩窩囊囊，活多十年八年，不如乾脆一下死去的好。」

聽到作這種豪語的人多，真正面臨生死大關，可以這樣做的人少，古龍卻真是怎麼說，怎麼做，醫生勒令他不能喝酒，他笑得聲震屋宇，醫院上下五層都聽得到，作為回答。

或許有人認為他的性格行為不足取，但剛強抗爭，可以把命豁出去，如果化為民族精神，可以斷言，必無暴君可以得逞！

萬念俱灰

萬念俱灰，但求速去。

曲家穗死了，認識他的人都深感可惜，自然，四十不到，英年早逝，會使人有這樣的感覺。然而，他多活四十年，又怎麼樣呢？

曲家穗嗜酒，與本人有同好，曾共醉過。一次，他醉在寒舍，也沒有人扶得他動，就由得他歪倒在沙發上，他天明自行離去。曾以「老酒鬼」的身分告訴他這個小酒鬼一句多年來喝酒喝出來的體驗：「快樂的人不會大量喝酒，可是不大量喝酒，又怎麼能快樂呢？」他把這句話咀嚼了半天，才哈哈大笑，乾了一杯酒。

他的死，當然是意外，一點痛苦也沒有，甚至沒有掙扎，醉中無所覺，魂已登極樂。是很難得的一種福氣，求也求不到的。

近日，有多年不見的朋友來電：「最近好嗎？」答以：「糟糕之極——精神苦悶，心靈空虛；百病纏身，老弱殘軀；度日如年，了無生趣；萬念俱灰，但求速去！」

朋友幸災樂禍，竟哈哈大笑：「居然押韻！」

真他媽的！氣得眼前發黑，血壓陡升，差點就可以如願了！

好玩

好玩的人多不玩了，所以愈來愈不好玩。

曾尊奉「最要緊好玩」的原則，也確然一直有十分好玩的日子。可是近年來，情形卻十分不妙，發覺好玩的人多不再玩，所以日子愈來愈不好玩。

好玩的人不再玩的原因極多：或羽化而登仙；或乘槎浮於海；或退出江湖，閉關自守；或躲進小樓，自成一統；或遵醫囑而規規矩矩；或守閫令而戰戰兢兢；或覺今是而昨非；或悟往日太荒唐；或忽然轉性，打坐練氣重於一切；或大表後悔，要把已逝青春追回；或歲月不饒人，髮落齒搖，難以為繼；或晚年唯好靜，聲色犬馬，意興闌珊……原因之多，隨手拈來，就可以有這許多。

好玩的人由於種種原因而不再玩，自然愈來愈不好玩。如果不耐寂寞，硬是要玩，只怕客觀情形，也無法以主觀願望為轉移，硬是不好玩，一點辦法也沒有。

於是，只好「想當年」，同樣的情形，當年如何如何好玩，現在如何如何不好玩。自己一個人轉轉酒杯，想想當年，還不要緊，若對別人想起當年來，那麼在別人的眼中，必然變成最不好玩的人了！

麻木

是生命歷程中的保護神

麻木，本來是人的身體的一種實實在在的感覺——在受到同樣的刺激許多次之後，感覺神經傳遞信息的速度會減慢，靈敏度會改低，這就造成了麻木的現象。

可是，在文字上，麻木這個詞，在大多數的情形下，都是描寫心靈上的感覺，屬於虛無的一種感覺，情形和實體的麻木現象相類，不論是一開始多麼刺激的事，經歷得多了，或是時間久了，就會變得麻木，和事情一開始時的驚天動地，不可同日而語。

麻木現象，其實是人類保護自己的一種力量，試想，一件傷心欲絕的事，摧心摧肺，使人不想活下去了——這樣的痛苦，如果一直不變，一直維持下去，就真有可能形成生命的消失。

在這種情形下，必然會產生麻木現象，麻木就是救命的恩人，若是一直痛苦不變，情緒可以殺人，非要靠麻木來救命不可。

經歷愈多的人，愈容易麻木，那是生命歷程所產生的保護作用。

易麻木的人，十分有福。

工作

工作能獨立完成，是賞心樂事！

任何人都要工作，如果一個人的工作，能完全依靠自己個人的力量完成，那真是賞心樂事，是人生之中最值得高興快慰的事。

自然，靠自己個人力量完成，並不是絕對的，所指是與他人合作的需要極少，也毋須依靠他人的助力才能完成，並不是指絕不與他人接觸。

舉例來說，寫作，就是一種可以獨立完成的工作——不必開會研究，不必徵求他人意見，不會少了他人的合作就沒有作品。

而電影導演，就不是一個獨立可以完成的工作，必須有各種各樣的人相配合，才能完成工作，一個燈光師不合作起來，也足以令導演大傷腦筋！

由於長期來，習慣了獨立完成工作，所以對寫作這份職業，十分滿意。並且難以想像要許多方面配合才能完成的工作是如何艱辛、如何恐怖。

而且，還有一個好處，長期獨立工作，與別人少利害衝突，自然只有和平，沒有鬥爭——這又是做人的另外一大樂事！

描寫

不要描，要寫。

以前，兒童才學寫字的時候，要學寫毛筆字——謝天謝地，許多小學已經取消了硬要學生寫毛筆字的「暴政」——所以，有一種習字的工具，叫「描紅簿」，把字用紅色的油墨印好了，好讓小學生一筆一筆描上去。

用這種方法來學寫字，無可厚非，但若是養成了什麼事都只是照描而不自己寫的話，就不敢恭維之至了。

曾有機會和一群有志寫作的朋友閒談，就提出了這一點：不要描，要寫。

描，描來描去，都是別人的，或許描的技巧相當高，把人家的東西，東偷一些，西抄一些，或一次過偷了很多，然後化開來慢慢據為己有。

不論用什麼方法，別說人人一看就可以知道來龍去脈，自己也始終脫不了做賊的心理，總有點心虛，不免閃閃縮縮，氣勢上先自弱了，又怎麼會有好的作品呢？

寫，寫自己的東西，理直氣壯，堂堂正正，自己有自己的風格，腰也可以挺得直一點！

千萬別描，要寫！

且由他偷

成為被偷的對象，沒有什麼，偷他人東西的，才真正痛苦。

與賢者交往，可以獲益。忽然有些感慨，是由於想起有一次（很久以前的事了），和一位朋友閒談。他是大小說家，作品盛行世界，遭不肖之徒翻印、剽竊，不知多少，而他好像完全不理，問他：「那麼多人在偷你的作品，你為什麼不加理會？」

他笑答：「偷人家東西的，總不如有東西可給人家偷的，算了吧，他只能偷，那是他的苦楚。」

當時年輕，聽了之後，大不以為然，認為偷別人東西的，自然應該受到懲罰，偷人錢財者還可以輕罰，偷他人智慧成果者，則應該嚴懲。

後來，年事漸長，且十分幸運，居然也有資格成了被偷的對象，開始的時候，不免紮紮跳，發其雷霆之怒，作其獅子之吼。可是，遭偷的次數多了，倒也漸漸悟出了道理：成為被偷的對象，沒有什麼，偷他人東西的，才真正痛苦。

偷他人東西的，首先，會用盡方法聲明：我沒有偷。可惜，作用一定不大，因為人人都知道，他是偷的！

偷他人東西的，必不如被偷的，其道理十分簡單，一個弄不好，一頭栽了進去，再也出不來，同樣的東西，偷了一遍又一遍，偷得街知巷聞，個個掩嘴，這偷者也就十分尷尬相了。

還有一點，偷人家東西的，必然心虛，心一虛，自然難免有點虛相，這種虛相，唉，群眾的眼睛是雪亮的，就算被偷者十分大量，明白讓他去偷的道理，不作一聲，也總會有人提起，當別人提起的時候，怎麼辦呢？是裝成看不見，還是倒轉來發怒呢？

真是十分為難，可憐見的，偷且由他偷吧！

讚好小說

凡好小說，我都讚。

一日，有人問：聽說凡小說你都讚好？

當然不是，大謬！

這句話，要把那個「好」字易位，放在「小說」之上，變成：凡好小說，我都讚。

自小喜歡看小說，喜歡程度，歷半世紀而不變，所以好小說是最佳伴侶。

而評價小說為「好」的標準，是好看，以好看為檢驗小說是好是壞的唯一標準。不好看的小說，任你得獎再多，來頭再大，再被有些人捧上天去，翻上三頁，看不下去，還是棄之如敝履，不會上當在這種小說上去浪費生命，它有「文學價值」是它的事，生命時間，可是咱自己的，寶貴之至。

所以，看到了好小說，心曠神怡、精神愉快之餘，必然盡一切可能稱讚之。最常用的語句是「好看」、「十分好看」、「好看之極」。也有用「看得下去」的，聞者以為那不算是好評，豈不知看不下去的小說不知多少，看得下去，已經至少好看，具好小說的條件，不容易了。豈能要求部部小說都好看之極。

第六輯

黑白

人物

隨身攜帶無線電話的，不會是大人物。

可以隨身攜帶的無線電話，近來十分流行。這種電話的推銷商，應該十分感謝給這種電話取了一個「大哥大電話」這名的人——很可能是推銷商自己想出來的廣告語句。

於是，這種電話在一些人心中，成了身分象徵。

這實在是十分可笑的一件事，因為這種電話的價錢並不高，絕無可能成為身分的象徵，若果說象徵了身分，那只象徵了一點：這個人的身分，一定高不到哪裏去，不會是大人物。

有一本雜誌，曾把香港富豪列出一百名來，這一百名富豪之中，有誰抓了一個這樣的電話到處去的？哪一個大學教授、文豪、藝術家是非攜手提電話不可的？活躍政壇的大人物，再忙，也不會抓這樣的電話參加活動。

明乎此，就可以知道「大哥大電話」是誤導人的名稱，大哥大，不會帶這種電話到處去。

原因，簡單之極，拿了這種東西，很失身分。大哥大，怎肯輕易失身分！

浪費

任何人無權浪費食物

或許是曾經飢餓的緣故，對於食物，有着十分濃厚的感情，每當看到大量的食物之際，會由衷地高興地笑出來，感到生活之可愛。

和生活在香港的人談飢餓，頗有點和夏蟲語冰的味道，香港人除日治時期外，沒捱過餓，不知飢餓，自然也不懂得珍惜食物。

在香港，不但大人浪費食物，小孩浪費食物，而且大人縱容小孩浪費食物。有一種觀念：我有錢，浪費食物是浪費我的錢，有何不可？但事實並非如此，食物是天地之精華，不是人力所能造成的，是人類維持生命的必需，任何人都無權浪費食物，浪費食物是一種十分醜惡的行為，是下等人、低級人才有的行為，是沒有教養的表現，是鄙俗的象徵。

有一種食制叫「自助餐」，最易見浪費食物的行為，據說，在新加坡有一種規定，拿了食物吃不下，剩下的要另外算錢。

這種規定，宜在大量浪費食物的香港推行。

蛇與禁果

不論是罪人還是聖徒，一樣討厭蛇，這似乎不是很公平。

十二生肖，每年輪一種動物，輪到哪一種就寫哪一種，似乎已成慣例，八九年歲次己巳，屬蛇，自然也免不了談談蛇，蛇可談之處甚多，所以便成雜談。

蛇和龍不一樣，蛇是實實在在生活在地球上的一種動物，龍是不存在的，顯然活在幻想之中。

蛇的種類極多，人類和蛇的感情不好，一直是這樣，不知為什麼，《創世記》中誘惑夏娃試禁果的是蛇：「耶和華上帝所造的，唯有蛇，比田野一切的活物更狡猾。」

（聖經中也提及人心的險詐，比萬物更甚。）

蛇引誘夏娃吃了禁果，人類從此背叛上帝，從宗教的立場來看，憎厭蛇，自然大有道理。但是吃了禁果之後，人類的生活從此變得如此多姿多彩，在罪人的立場而言，蛇不是應居首功嗎？可是，不論是罪人還是聖徒，一樣討厭蛇，這似乎不是很公平。

蛇是冷血動物，蛇的身體，可以有十分美麗的顏色和花紋，有的簡直絢燦奪目之至，讀中學時，曾在校園捕得一條細如筷子、遍體其紅如火的小蛇，將之養在鉛筆盒中，牠一直十分馴順。一日，忽然被牠咬了兩口，蛇有劇毒，於是有了教訓，不要相信蛇或類如蛇的動物。

醜惡

一般來說，生物都是美麗的有毒。

蛇有美麗的，也有極醜的。一般來說，生物包括動物和植物在內，都是美麗的有毒。毒菇有美麗得如同油漆塗過一樣，芋螺有毒的，貝殼花紋美麗得匪夷所思，可是蛇始終陰險，而且竟有又毒又醜難以形容的。

多年以前，曾在江蘇省北部海區生活過一個時期，當地是鹽鹼地，不長莊稼，只長生命力特強的蘆葦，和生命力更強的鹽篙子，土地表面，泛着一團一團白色的鹽花。就在那地方，有一種其醜無比的毒蛇，身體扁平，如帶，無頭無尾，不是很長，顏色和鹽漬的土地一樣，在牠來說，是保護色，對人來說，就更加難防。

這種蛇，土話叫「地皮蛇」，要仔細分類，是「虺」的一種，當然大分類不是蛇。

這種蛇行動極快，用尾貼地，上半身豎起來咬人，毒牙很短，被咬中的人，若不立即剜肉放血，沒有可以活下來的。

所幸牠牙很短，所以如果打了綁帶，就算被咬中，也是咬穿綁帶，不會傷及皮膚。

那種毒蛇如此醜惡，在牠的身上，卻有很引人入勝的傳說，這種蛇雌雄常在一起，若要殺牠，必須兩條一起打死，若是只打死一條，叫另一條走了，走了的會報仇，曾有被追出去幾千里咬死了的，淒厲之至！

神話

很多事不清楚更好

蛇在實際生活之中，絕不討人喜歡，鮮有人見了蛇不大吃一驚的。自然，以弄蛇為職業者除外，也有人把蛇當作藥物的，那是別論。蛇討人厭，多半是因為牠有毒，就算沒有毒的蛇，也一樣咬人，叫蛇咬上一口，心中總是犯膩，有一句俗語：「一日被蛇咬，十年怕草繩」，這句話自然經過文學的誇張，形容一旦上過當，對同類的事就會害怕——似乎只有愛情是例外，失戀的人，不會從此不談戀愛，反倒是急於另找一段新戀情的居多。

蛇在現實生活中不討好，但是在神話世界中，又有相當高的地位。著名的補天女神，是人首蛇身的。白蛇和青蛇的故事，在中國家傳戶曉，地位和

《梁山伯與祝英台》相同。

《白蛇傳》的故事並不算美麗——只是淒麗，好好的化為人身的白蛇，硬被法海破壞，不爭氣的許仙，不知為什麼非要看看自己愛妻的原形不可？

許仙這種人，一直存在，不論男女都有，總千方百計要弄清楚對方的一切，一有機會，就不肯放過，明知弄清楚了，一定不會有結果，還是非弄清楚不可！

白蛇、青蛇在這個故事中仁義得過了分，變成不像是蛇了。

最後，順便一提，四大金剛手中拿的是劍、琵琶、傘、蛇，就是取「風調雨順」之意。

願今年風調雨順！

伙計

出不到合理人工，當然請不到理想伙計。

很多身為老闆的人，都在嚷伙計難請，每當聽到老闆（或中或小）在訴說伙計難請之際，總不免在一旁嘿嘿冷笑。大老闆絕沒有這樣的感歎，理由十分簡單：大老闆肯出合理的人工，有合理的人工，自然容易請到伙計。

而且，人工和伙計的質素，成正比例——人工愈高，請到的伙計愈好，人工愈低，請到的伙計愈差。人工根本低到不合理，當然請不到伙計，天公地道，別無巧妙。

打開報紙請人欄看看，「高薪急聘」是大字標題，小字是「月入可達三千五百元」。三千元到四千元，是香港普通職員的工資，必須指出的是：這個工資十分低，不足以吸引人從事這種待遇的工作，除非這個人真正沒有辦法，不然，人望高處，稍有辦法，一定會辭職而去，別再用什麼人情之類的題目來留難伙計，真要講人情，老闆何不多拿點人工出來？

況且，在香港，人人都有資格、都有機會自己做老闆，不肯出人工，又想請伙計，天下焉有不吃草而跑得快的馬兒？

訪問

訪問是一門大學問

訪問別人，是一門很高深的學問——這裏所指的訪問，自然是指傳播媒介對一些人物的訪問，被訪問者或事業成功，或行為突出，或有異能，或具神功，總之，能列入被訪者的名單之中，總是被認定了是公眾對他的言行有興趣的人物，不然，訪問他則甚？

所以，有本事的訪問者，必然會提出許多有趣的問題，使得被訪者在答這些問題時，能把自己令公眾有興趣的，完全展現。

這樣，一次訪問，就圓滿完成，皆大歡喜。

沒有掌握到訪問技巧，以為訪問只不過隨便問問的，所作的訪問，也必然平淡無奇，一個本來能引起公眾大興趣的被訪者，在一次平庸的訪問之中，也就變得普普通通，不過，這還不是最壞的情形。

最壞的情形，是訪問者根本違反了訪問的原則，一上來就和被訪者站在相對的立場，於是，訪問不成其為訪問，變成了唇槍舌戰的爭辯，叫人不忍卒睹和不忍卒聽，真正不知所云。

訪問是一門大學問，不容易學得好的。

被訪

被訪也是一門大學問

上文提到「訪問是一門大學問」，其實，被訪，也是一門大學問。一般來說，傳播媒介訪問人，並不需付出金錢代價，很少有「訪問費」可收的被訪者。而被訪者付出時間、精力接受訪問，自然也有他的目的，目的自然是通過傳播媒介，使自己被更多的公眾認識，使自己的知名度提高。

所以，被訪者實際上也有收益，也正由於這一點，被訪，也是一門大學問，如何不使自己所希望出現在公眾面前的形象被破壞，不被訪問者的惡意問題所影響等等……都要在一剎那間去應付。

如果是電視台的直播訪問，有時，連思考的時間都沒有，必須憑直接的反應，特別是有些訪問者每喜刁難被訪者以標榜自己，更要特別留意，免得跌入他的陷阱之中。

本來，訪問只要依照常規進行，被訪者別無難處，可是偏偏不依常規的太多。

應對的辦法之一是一上來就說明：「什麼問題都答，蠢問題不答！」

沒空

那天我沒有空，哪天都沒有空。

近來，推自己不想去的約會，都會用這句話。大多數的情形之下，是用上半句就夠了。聰明的、知情識趣的，甚至不是很蠢的，一聽之下，自然知道並不是真的那天沒有空，而是委婉的拒絕，自然不會再說什麼，隨便敷衍幾句，就此算數，也就用不到下半句了。

遇上不識趣的、真正笨的、自說自話的，不知道上半句已經是推辭了，還要鍥而不捨地追問：那麼，你哪天有空呢？

在這種情形下，自然要用下半句不可。

這下半句，可以不用，最好不用，因為用了之後，必然十分傷感情，會當場翻臉，口出惡言，自此絕交的都有。

但是在必要的時候，這下半句，還真有用，立竿見影，再也不會有糾纏不清的結果。

在北方話中，「那」和「哪」大有分別，譯成粵語，這句話是：

「嗰日我唔得閒，邊日都唔得閒。」

「寸」之極矣！

黑白

最簡單也最不簡單

黑色和白色，應該是最簡單的顏色了。

可以這樣說。但是，是最簡單的，也可以說最不簡單。近幾年來，黑色和白色的服裝大行其道，人人不是黑就是白，有時幾乎誤會彩色電視是黑白電視，因為出現在電視畫面的人，衣着盡是黑白兩色。

人人也都可以有這樣的經驗：一條白褲子和一件白襯衫，看起來都是白色，可是放在一起比較，就可以看出，那是兩種白色，不是一種白色。

黑色的情形也是一樣。分開來看，無非是黑色而已，但放在一起，兩種、三種、八種，可以有幾百種，或許更多的黑色。

簡單嗎？簡單！不簡單嗎？真不簡單！

這種情形很特別，不像別的現象，早就知道，或者是一眼就可以看出十分複雜的，早就有了心理準備，再多變化，也不會措手不及。而看來簡單不過的現象，竟然複雜無比，才叫人不知所措，無法應付。

要是將任何現象都看得複雜，那樣又似乎太辛苦了。

唉，做人真難。

假花

假花根本不是花

一直極不喜歡假花，不論是絹製的、玉雕的、塑膠壓的、鐵澆的，只要是假花，都不喜歡，因為不論做得多麼像，甚至有的還有各種花應該有的香味，還是不喜歡。

喜歡花，可是不喜歡假花。

喜歡花，因為花是天地之間最奇妙最美麗的東西，在一大簇鮮花之中，能令人心曠神怡，即使是摘了一朵極小的野花，細細觀察，也可以體會出天地造化之奇，決不是任何人力所能製造出來的。

人力製造出來的是假花，假花根本不是花，是各種各樣的原料，只不過是這些原料，變成了花的形狀而已。

不喜歡假花，因為假花沒有生命，是人工的產品，明明是各種不同的原料，卻假冒了花的形狀，屬於一種十分虛偽、猥瑣、卑劣的行為，找不出一點可以讓人喜歡的地方來。

可是偏偏有不少人喜歡假花，理由是假花不會變，不會謝，持久，耐看。

為了這些原因，人們竟然棄真就假，你說，人是聰明還是笨？

幸好，還是喜歡真花的人多！

原因

出版社虧本關門的唯一原因，就是它出版的書沒有人買。

有一次，旁聽幾個人在討論，論及一家出版社由於虧蝕而結束營業一事，說話的人意見甚多，探討原因，洋洋灑灑，聽來十分駭人。生平最怕聽不着邊際的偉論，這種偉大的空話，聽了會叫人以為自己是白癡，會把頭在牆上用力碰撞，於是發表自己的意見：「出版社虧本，哪有什麼別的原因，唯一的原因，就是出的書沒有人買，沒有生意，自然只好關門大吉。」

那麼簡單的道理，話一出口，居然還有人反駁，而面目看似不以為然，可見一樣米養百樣人，什麼樣的人都有。

出版者眼光不夠，什麼書都出，出了沒有銷路，自然只有虧本一途，虧本多了，除非家裏有金山銀山，不然也只好關門大吉。

據知有一家出版社，一年付單一的作者版稅超過百萬元，出版社的盈利，自然更多，這樣的出版社，炮轟也不會關門！

這種道理都不明白，極不宜繼續努力。

第七輯

行事

可悲

真可悲，沒有人可以說生命全屬自己。

世上事往往十分矛盾，理論是那樣說，可是實際上，事實的發展卻又是另一種情形，理論和實際之間，甚至有時會有截然相反的情形。曾說「任何人有權按自己的方式處理自己的生命」，因為每一個人的生命，都屬於自己。

可是，那只是理論。從理論上來說，確是如此，那是顛撲不破的真理，可是實際上呢？可以說沒有一個人的生命，是完全、真正屬於自己的。

由於人是群體生活的，所以，任何人都應該、而且必須有各種各樣的社會關係和人際關係，這種關係，必然形成種種的有形無形的干擾，使一個人不能完全按自己的形式來處理自己的生命。

人所能處理自己生命的最好的情形，只是「盡量按照自己想要的方式」，而不是「完全按照」——而更多的情形之下，人對於對抗外來的干擾力量，可以成績斐然，擺出一副我行我素的姿態來，但愈是這種人，愈是在對發自自己內心的干擾後，一敗塗地，潰不成軍，真是可悲！

不幫

有權做別人不喜歡的事，可是別期望人幫你做。

這是非常常說的話，和上一篇有關聯，我絕不會做的事，他人有權做。可是他人做這種事，若要我去幫他，那麼，對不起，器度還未曾好到這一程度，決不會給予半分幫助。

在這之前，可能還有若干次的勸說，勸人家不要那樣做。被勸者自然以不聽的居絕大多數，那自然只好就此算數，一切採取冷眼旁觀。

在旁觀的過程之中，不會卑鄙到幸災樂禍，希望別人出錯，但當別人不聽勸，真的出了錯，出的錯，正如事先所料時，也不會高尚到去同情別人，總要「嘿嘿」冷笑幾聲，以泄心中之氣。

人人有權照自己的主意去行事，但既然照自己的心意行事了就最好不求他人幫助，真要求助，也一定要認清志同道合的，別去找意見不同的。

意見不同，可以各行其事，要人相幫，沒有可能，人的天性不是那麼好，沒有那麼偉大。

能夠容忍各行其事，已是上上大吉了。

行事

這種事我絕不會做，但你有權去做。

天生人有幾千幾萬種，種種人行事的方法都不同。一些人認為是天經地義的事，另一些人殺頭也不肯做。一些人認為天公地道的事，另一些人會認為屈辱人格之至，人各有志，不必相強，更不必要求雷同。

十分重要的一點是：一件事，自己決不會去做的，只是自己不做便可，決不能要他人也不做。你不喜歡做，不想做，不會做的事，或許正是別人喜歡做，要做的事，看見自己不做，也不讓人家做，就是行為不當。

干涉他人的行為，或思想，是人類許多紛爭的原因之一——自然，人類行為有一定的準則，如遵守公德、法律等等，只要在這些通行的準則範圍內，人家喜歡怎麼樣，是人家的事，自己不做，人家有權做，看了固然討厭之極，可恨之極，但唯一的方法就是不看，而不能不讓人家做，雖然有時或者有權可以阻止——如父母對子女，如上司對下級，但也是不用為宜。

只有明白了這個道理，人類的紛爭，才會減少。

各行其事，不會有紛爭，硬要求相同，才會起紛爭。

狂言

誰都會口出狂言

要口出狂言，是極容易的一件事，任何人，只要會說話，就能口出狂言——甚至不能說話，也可以通過別的動作，把「狂言」表達出來。

狂言，大多數的情形之下，都有一個針對的目標，這種情形之下的狂言模式是：「他有什麼了不起，我不做，要是做了，比他好得多！」

可是有趣得很，凡是這一類模式的狂言，幾乎永遠沒有表現的機會，比較聰明的是，口出狂言者永不去做他認為可以做得比人好的事，自然也無法證明他是不是真有這個本事。

而在很多情形下，口出狂言者，沒有那麼聰明，真的去做了他認為可以做得比人家好的事，那情景才叫真正慘不忍睹，萬試萬靈，狂言破產，口出狂言者做起來一定不如他看不起的人許多，到那時候，口出狂言者，自然灰頭土臉得很。

口出狂言，十分容易，但一點用處也沒有，到頭來，是真是假，是龍是鳳，究竟不是一拍胸口，就可以胡亂吹出來的。

競爭

競爭真是殘忍

有人說，人生就是競爭——男人在性行為中射精，精液之中有超過十億精子，其中只有一枚能攻入卵子，形成一個新的生命，生命一開始的競爭之慘烈，可以在數字中得到概念。

任何人一生之中，必然面臨許許多多大大小小形形色色的競爭，有的競爭失敗了無關宏旨，可以付諸一笑，但有的競爭如果失敗了，就會性命攸關，叫人心灰意冷。

有的人，天性喜歡參加競爭，這種性格的人，主動會去找各種各樣的競爭，這種人在競爭之中，甚至能得到樂趣，這種人，也往往是競爭中的優勝者。

有的人，天性不喜歡競爭，一點鬥志也沒有，一看到競爭的場面，就敬而遠之，實在避不開的，也高舉雙手，投降認輸，這種人，自然沒有什麼勝出的機會，天生是一個失敗者。

競爭十分令人感到疲累，做失敗者也有失敗者的好處，至少休息的時間，要比勝利者多得多了。

失敗者的夢想是，為什麼一定要有競爭？人人都第一，多麼好！

作家

作家如果看不起自己的作品，別人更不會看得起。

人必自重，然後人重，這道理大家都懂，這句話，套在作家和他的作品上，更加貼切。一個作家，如果自己看不起自己的作品，怎麼能夠希望別人看重他的作品呢！

常言道：自己文章。在大多數的情形之下，自己的作品，總是好的，再有自知之明的人，也不會貶低自己作品。道理十分簡單，如果自以為作品不好，根本不會發表出來現世，必須自己認為滿意了，才會拿出來的——自然，自己認為好的，他人不一定認同，那是無可奈何之事，而連自己都認為不好的，他們自然更不會認同了。

有寫作人說自己作品不好的嗎？有，這是一種相當奇怪的現象，絕不是謙虛，而是某些別有用心的人，向一種強大的勢力作卑躬屈膝的諂媚，十分無恥。

香港有許多好作家，有許多好作品，可是某些人偏要說香港是文化沙漠，沒有好作品，說這種話的人，自身確然半篇好作品也拿不出來，但是他自己，決不能代表整個香港的文化層。

那種人連自己作品都看不起的，想別人尊重他，自然很難。

賺錢

喜歡花錢，先得懂賺錢。

把人來分類——只限分兩類，可以分出多少種來？

男人和女人；好人和壞人；幸福人和痛苦人——等等，幾乎所有相反詞的，都可以拿來用。自然，也包括喜歡賺錢的和喜歡花錢的兩類。

億萬富豪偕子旅行，子在頭等艙，父在機尾經濟艙，那是真正的事實，並非現代野語。富豪的理由是「一樣時間到的」，人家說：「你不在乎花多點錢！」富豪說：「既然花的錢可以達到同樣的目的，為什麼要多花錢？我若是多花了錢，豈不是被人家懷疑我的智力有問題？」理由說上幾千句，其實皆不是要點，要點是，他不屬於喜歡花錢的人，而屬於喜歡賺錢的人。

哪一種愛好快樂些，這也不必爭論，大可各適其適，賺者自賺，花者自花。不過有一點可以肯定，喜歡花錢的人，一定得先會賺錢，不像喜歡賺錢的人，可以不必花錢，那自然沒有那麼自在了。

自然，也有喜歡賺錢，又喜歡花錢的人，那當然是幸運兒，兩者兼得，樂何如之。

大家不妨想想，喜歡賺錢和喜歡花錢，兩者之中，自己屬於哪一種！

我是最討厭賺錢的，所以痛苦莫名，慘絕人寰！

開心

不開心的人，少和開心的人在一起。

不開心的人，最好少和開心的人在一起，自然，也不用和別的不開心的人在一起，不開心有各種各樣，各有各的痛苦，各有各的不開心，很難有同病相憐這回事，和不開心的人在一起，只會更不開心。

和開心的人在一起呢？看人家開開心心，不開心的人，還要掩飾自己的不開心，強顏歡笑，去增添別人的開心，那麼，不開心的程度，自然只有增加，不會減少。

而如果向開心的人，訴說不開心，那更是愚蠢之極，開心的人，哪有心情空閒來聽訴苦？敷衍幾句，已經是十分之有禮貌的了。

所以，不開心的人，最好自己一個人躲起來不開心。這樣說好像否定了朋友的作用，其實恰好相反，朋友之間，一定要相互令對方開心，而不能令對方不開心，若是老令朋友不開心，那麼，這個人一定不會有太多朋友，而且少量朋友，也會逐漸消失。

不開心的人，在他人面前自動消失，皆大歡喜，等開心的時候再出現好了。

一直不開心呢？那就一直別出現！

風情

風情不能固定

一提起「風情」這個詞，一般想到的，自然是女人的風情。女人的風情有萬種，哪一種最可愛，也是各有各的說，不能定於一統。

其實，豈止女人有風情，男人何嘗沒有？不但人有，物件也有，地方也有，山有山的風情，水有水的風情，草有草的風情，花有花的風情，風有風的風情，情有情的風情。

風情是一種意趣，意趣是十分個人的事，不可能要求意見統一。甲喜歡女人濃妝艷抹的風情，最好美女的臉上七彩繽紛，再灑些金粉銀粉。乙喜歡女人臉上不施脂粉，一派自然，最好還有幾滴天然露珠，迎着朝陽閃光——各有所喜，各人在各人自己所喜的風情之中，享受樂趣，度過人生之中愉快的片刻，是十分美麗的事，絕不能強與人同，相像，便大失意趣，什麼風情也沒有了。

「風情」一詞中既然有一個情字，已經表明，和心意有關，心意不可捉摸，連產生心意的個體，有時也不知會有什麼新的心意，也不知道會在舊的心意上有什麼變化，所以，風情也在變的。而今日之喜，他日之惡，誰會將產生心意的組成部分，像機械一樣固定起來。

學人

學別人，是笨行為。

常聽得說：向某某人學習。這句話，一直被用在形容好行為方面。譬如說某人在事業上大有成就，別人就會說：向你學習。長者也會教育子弟：要向某某人學習。可是事實上，向他人學習實在是一種笨行為，吃力而不討好。

人家是人家，自己是自己，每一個人有每一個人不同的遺傳密碼，有每一個人不同的性格，有每一個人不同的天分，有每一個人不同的際遇，絕不能通過學習過程，而達成一致。

這道理其實人人都明白，可是還是有那麼多人喜歡學別人，也還是有那麼多人教育孩子去學人，真叫人不解。每個人是每個人自己，若是花時間精力去學習別人，何不找出自己的所能所長去盡量發揮，所得一定比學習他人為多！

這種說法，可以用在任何方面：做人、處世、事業、愛情等等。專心做自己，比去學別人好得多。

別人再好，總是別人。

學不來的！

垃圾

垃圾堆裏撿回來的，只能是垃圾。

這句話聽來，像是十分深奧，但只要明白那是一種譬喻性的說法，也就十分容易明白。

在垃圾堆中撿回來的東西，只能是垃圾，因為若不是垃圾，就不會到垃圾堆去。在自由開放的社會中，任何人都有各種各樣的機會。自然絕非人人平等——非但不平等，而且不平等得很，但如果一個人，進了垃圾堆，那麼，一定是垃圾，殆無可疑。

人有三流九等，很多人做垃圾也做得怡然自得，十分快樂，未必見得比珠寶玉石遜色，所以，也絕無鄙視垃圾的意思，只是指出一點事實，出自垃圾堆的，只能是垃圾，不會變成別的。

不明白這個道理，若是認為自垃圾堆撿回來的，可以變成非垃圾，那是癡心妄想，必然失敗。而且，垃圾十分喜歡做垃圾，要使垃圾不做垃圾，對垃圾本身，都是一種痛苦，就像要替渾沌開竅，結果卻把他開死了一樣。

橋歸橋，路歸路。

上帝的歸上帝，該撒的歸該撒。

垃圾，歸於垃圾堆。

倪匡經典散文精選集4　倪匡說三道四　黑白

作者：倪匡
書名題簽：蔡瀾
助理出版經理：周詩韵
責任編輯：葉秋弦
協力：歐陽可誠
美術設計：簡雋盈
出版：明窗出版社
發行：明報出版社有限公司
香港柴灣嘉業街 18 號
明報工業中心 A 座 15 樓
電話：2595 3215
傳真：2898 2646
網址：http://books.mingpao.com/
電子郵箱：mpp@mingpao.com
版次：二〇二一年七月初版
二〇二二年七月第二版
ISBN：978-988-8688-06-7
承印：美雅印刷製本有限公司